Anou

BRA

ANOUSCH MUELLER

BRANDSTATT

Roman

C. H. BECK

Verlag C.H.Beck, München 2013

Gesetzt aus der Goudy Old Style Regular im Verlag
Druck u. Bindung: GGP Media GmbH, Pößneck
Umschlagabbildung: © Kuester, Schneider, Pleinpicture;
Gowanlock, shutterstock
Umschlagentwurf: Geviert, Grafik & Typografie,
Michaela Kneißl
Printed in Germany
ISBN 978 3 406 65349 0

www.beck.de

Prolog

Sommer 1993

Am frühen Abend des 31. Juli 1993 begann die Suche nach Lydia Noll. Etwas war geschehen, das spürten wir, als wir – eine Horde Halbwüchsiger – vom alten Bahnhofsgelände, auf dem wir den Nachmittag über rumgehangen hatten, zurück ins Dorf in unsere Elternhäuser liefen. Vorm ersten Haus an der Straße standen schon etliche Anwohner, andere kamen hinzu und unterhielten sich aufgeregt. Ein Polizeiauto fuhr eben aus einer der engen Gassen. Bald darauf folgten drei weitere Autos. Unterdessen strebte ein Dutzend Menschen aus dem Dorf hinaus, hinein in die Felder, wo ihre Köpfe wie Bälle über den Maiskolben vorüberschwebten. Von dieser Anhöhe aus lag eine eigentümliche Stille über der Szene. Und von Haus zu Haus ging schon ein Murmeln: Sie suchen Lydia. Und in dieses Murmeln mischte sich bald eine dunkle Gewissheit.

Sommer 2009

Ich habe ihn heute wiedergesehen. Wir überquerten beide dieselbe Straße in entgegengesetzter Richtung. Er hatte keine Chance, mich zu erkennen. Durch die Sonnenbrillengläser erkannte ich in seinem Gesicht die sechzehn Jahre seither. Als er an mir vorübergegangen war, zögerte ich einen Augenblick. Nach unsicheren drei Metern drehte ich mich um und erblickte nur noch ein Gewimmel von Passanten. Ich setzte meinen Weg fort. Er wirkte kleiner, gedrungener. Oder bin ich etwa gewachsen? Natürlich, ich war ja damals erst vierzehn. *Aber er ist es gewesen.*

Fama

1.

Sommer 1993

«Was suchst du hier?» Jan Pajak trat aus der Küchentür in den Hof, die Hände in den Hosentaschen, der Oberkörper nackt, austrainiert, braun gebrannt, und wartete auf eine Antwort. Um meine Beine schmiegten sich sechs Katzenjunge. Ich nahm eines auf den Arm und strich ihm übers winzige Köpfchen. «Kannst den Tiger haben», raunte er, «kannst alle haben, und wenn du sie nicht willst oder jemand anderer, kommen sie ab in den Sack und rein ins Wasser.»

«Meine Eltern mögen keine Katzen. Bei uns auf dem Hof gibt es immer nur Hunde, nie Katzen», sagte ich und ließ den Tiger fallen. «Aber ich möchte fragen, ob ich das rote Fahrrad haben kann, das seit ewigen Zeiten hinten am Zaun steht. Selbstverständlich bezahlt.» Jan Pajak kratzte sich am unrasierten Kinn und lachte dann auf: «Das olle Ding. Ich weiß nicht, es ist wirklich schon uralt, es gehörte meiner Mutter, es war ihr Mädchenfahrrad. Es ist also sehr alt und überhaupt kaputt und verrostet. Was willst du mit dem Vehikel?» Ich sagte, dass ich alte Dinge mochte, dass ich sie sammelte und reparierte. Alte Wagen, Schreibmaschinen, Kameras – lauter technisches Zeug.

«Ich hätte sowieso lieber im Zweiten Weltkrieg gelebt, oder noch früher, und das Fahrrad erinnert mich daran.»

Jan Pajak verzog das Gesicht. «Ein komischer Vogel bist du. Annie Veit, stimmt's? Ich bin noch nicht lange wieder hier, aber deinen Vater kenne ich natürlich, den Herrn Mechanicus, wie er genannt wird. Wird er doch noch?» Diesmal musste ich lachen. Mein Vater war berühmt dafür, dass er alles zusammenbauen oder erfinden konnte, was sich nur irgendwie mechanisch miteinander verbinden ließ.

«Na gut», sagte Pajak, «nimm das olle Ding mit, brauchst nichts dafür zu zahlen.» Er machte eine Pause, zündete sich eine Zigarette an, fixierte mich und sagte: «Du magst also alte Dinge. Ich glaub, ich hab da was für dich. Komm ruhig rein.»

Ich schritt auf ihn zu, vorsichtig. Je näher ich ihm kam, umso nackter fühlte ich mich in der kurzen Jeans und dem weißen Unterhemd. Zu Hause vorm Spiegel erschien mir dieser Aufzug noch wie eine kleine Uniform. Die Sommerkleider und Röcke hatte ich mir jedenfalls nach kurzer Überlegung vom Leib gerissen. Aber ich hatte mir die Augenbrauen ein wenig nachgezogen, die Wimpern getuscht und einen Hauch Rouge aufgetragen.

Er stand noch immer im Türrahmen, ich war nur noch drei Meter von ihm entfernt, aber er machte keine Anstalten, auszuweichen, mir Platz zu machen für meinen Eintritt in sein Haus. Ich verringerte noch einmal mein Tempo, und als wir nur noch einen Atemzug voneinander getrennt waren, trat er zurück. Ein wenig, gerade so weit, dass wir uns nur um ein Haar nicht berührten.

Ich befand mich in einem Vorbau, einem Holzverschlag mit Luken, durch die das Licht schablonenartig hineingeschnitten zu sein schien. Ein Wintergarten ohne Fenster, dachte ich.

«Warte hier. Ich hole nur was. Es wird dir gefallen.» Ich nickte. So hatte ich einen Moment Zeit, den Raum zu inspizieren. Im Halbdunkel erkannte ich eine Anrichte, einen kleinen Schrank und einen Schreibtisch. Darauf lagen zwei Atlanten, großformatige Papierbögen, Zirkel, Stifte, Lineale. Als würde er einen Feldzug planen. Bevor sich noch weitere Dinge aus den Schatten herausschälten, trat Jan wieder zu mir.

«Vielleicht könntest du mir einen kleinen Gefallen tun. Ich habe hier eine alte Taschenuhr von meinem Großvater. Was meinst du, ist da noch was zu machen?» Er öffnete seine Hand, faltete ein kariertes Taschentuch auseinander und präsentierte eine Minerva.

«Eine wunderschöne Minerva», sagte ich. Er legte sie in meine Hand. Ich wog sie, fuhr mit den Fingern über das kalte Messing und die zarten Kratzer auf dem Glas entlang. «Ich werde sie reparieren!» Wir sahen uns an. In diesen Moment hinein schrillte das Telefon. Er aber blieb reglos stehen. Das Telefon schrillte unaufhörlich. Es muss ein antiker Apparat sein, dachte ich, und vor allem: Warum nimmt er den verfluchten Hörer nicht ab? Das Schrillen nahm schier kein Ende, und Jan verharrte in seiner Pose.

«Nun», sagte ich, «danke für das Fahrrad. Bis bald.»

Mutter lag ausgestreckt im Liegestuhl unter einem marineblauen Sonnenschirm und blätterte in der *Cosmopolitan*. Auf ihrer alabasterweißen Haut trug sie einen roten Bikini. Ihr kornblondes Haar, das ich von ihr geerbt hatte, war mittig gescheitelt und hing in zwei fülligen Dolden knapp über den Schulterblättern. Ihr zu Füßen schlummerten Justus und Hermann, unsere Langhaardackelrüden. Mutter interessierte sich wie gewöhnlich nicht für die Vorgänge um sie herum. Und so ignorierte sie die Tatsache, dass ich auf einem alten Damenrad in den Hof fuhr.

«Hallo», grüßte ich, und ohne dass sie dabei aufblickte, grüßte sie zurück. Ich wollte ihr die Mühe einer Nachfrage über den Verlauf meines Nachmittages ersparen und begann unaufgefordert zu berichten: «Ich war bei Jan Pajak, und er hat mir das Fahrrad hier geschenkt.» Nicht, dass Mutter daraufhin die Zeitschrift aus den Händen geglitten und sie noch blasser geworden wäre, als sie ohnehin schon war (worauf sie viel Wert legte, sie mied die direkte Sonne und puderte sich stets eine Nuance zu hell), aber immerhin legte sie das Magazin weg, starrte mit großen Augen (grün, auch das eine Seltenheit) zu mir herüber, nahm eine aufrechte Sitzposition ein und fragte: «Wie bitte?»

Während ich mich an die Reparatur der Bremse machte, erzählte ich von meiner Begegnung mit Jan Pajak, von den Katzen, vom Rad und von der Taschenuhr.

«Hier, siehst du, so eine wertvolle Uhr hat er mir einfach mitgegeben, ich glaube, die Zugfeder klemmt.»

«Und ich glaube, bei dir klemmt was ganz anderes», blaffte Mutter mich an, die inzwischen aufgestanden war und sich ein Long-Shirt übergezogen hatte. «Ich möchte wissen, was dich in diese Einöde treibt, nur um mit einem kaputten Fahrrad und einer kaputten Uhr von einem noch kaputteren Typen zurückzukommen. Ich kapier das nicht.» Sie ging ins Haus und knallte die Tür hinter sich zu.

Mutter ließ keinen Zweifel daran aufkommen, dass sie Arbeit verabscheute. Im Gefolge der Ereignisse der Jahre 89/90 wurde ein Großteil der Belegschaft des Büromaschinenwerks entlassen, und sie nutzte die Gunst der historischen Stunde und gab sich fortan als unvermittelbar aus. Die neuen Zeiten wurden herrliche Zeiten. Endlich konnte Mutter ohne den Ruch des Asozialen arbeitslos sein.

Wir lebten mietfrei im Haus ihrer Eltern, die von der Abfindung auf Grundlage des Landwirtschaftsanpassungsgesetzes ihren Vorruhestand genossen und das taten, was ihnen Bauerntum und Sozialismus jahrzehntelang verwehrt hatten: reisen.

Meine Großeltern waren in unserem Dorf zur Welt gekommen, sie hatten sich schon immer gekannt. Ihr gemeinsames Leben begann damit, dass Opa am ersten Schultag von der hinteren Schulbank aus Oma an den blonden Zöpfen gezogen hatte. Auf einem Foto guckt Oma im Alter von sieben Jahren stolz in die Kamera, die dürren Ärmchen auf der Schulbank gekreuzt, und im Hintergrund lugt frech ihr späterer Ehemann hervor.

Es gab nur ein Fotoalbum in unserer Familie. Kleine gezackte Fotos auf schwarzem Karton, die einzelnen Seiten durch knisterndes Spinnenpapier getrennt. Was unser Haus von allen Häusern, die ich kannte, unterschied, war das Fehlen von gerahmten Fotografien an den Wänden.

Mutter fand Reisen zu anstrengend, und Vater hatte Angst vorm Fliegen. So fanden alle ihren Modus: Mama konnte ungestört ihrer Melancholie nachhängen, und die Großeltern mussten dieses «Elend», wie sie Mamas Selbstgenügsamkeit nannten, nicht mit ansehen.

Vater war noch autistischer als Mutter. Aber ein ausgezeichneter Arbeiter. Mit seinen gepflegten Feinmechanikerhänden und seinem pragmatisch-flausenfreien Kopf schaffte er mühelos den Schritt vom mechanischen ins digitale Zeitalter. Vor Kurzem hatte er einen Computer-Notdienst eröffnet, der bereits jetzt von all den kenntnislosen PC-Eleven des Umlandes überrannt wurde. In einem Fernstudium und Nächten vor Büchern und Bildschirmen hatte er sich zum Experten für DOS und Windows ausgebildet. Dazu war er wie eh und je als Tischler, Maler und Mechaniker tätig und unterhielt eine feine Reparaturwerkstatt für Miniaturmodelle aller Art.

Ich habe von klein auf sein Tüfteln beobachtet, mir alle Techniken abgeschaut, sodass er mir irgendwann kleinere Aufträge überließ. Aber ob er stolz auf seine Tochter war, die ihm so eifrig nachgeeifert und schon als Zweijährige mit großen Augen das unermüdliche Auf und Ab der Holzhobel angestaunt hatte, ließ sich nicht sagen. Vater redete kaum, er sang oder pfiff nicht einmal. Er war ein stiller Arbeiter. War er gütig? In jedem Fall war er duldsam.

Mama war im Sommer 1993 noch zurückgezogener als sonst. Sie lag den ganzen Tag auf der alten ausrangierten Couch im Hof und las Romane aus dem Buchclub. Oder sie stieg aufs Fahrrad, fuhr fort und kam ein, zwei Stunden später zurück. Das war nichts Ungewöhnliches. Ungewöhnlich war allenfalls der Blick meines Vaters, den er mit meinen Großeltern tauschte, wenn sie zum Abendessen nach Hause kam und sich stumm an den gedeckten Tisch setzte. Ich dachte, oje, sie hat einen Liebhaber, aber etwas an der Art, wie alle schwiegen, verriet, dass es darum nicht ging. Es war wie eine stille Übereinkunft, dass sich niemand in die Angelegenheiten des anderen einmischte, obwohl oder weil wir so eng zusammenlebten. Vielleicht war es auch einfach nur eine vorzeitige Resignation.

Ich befand mich in den Ausläufern der Pubertät, und meine jungenhafte Pfiffigkeit wich allmählich einer weiblichen Zartheit, wodurch ich Mama immer ähnlicher wurde. Doch sie vernachlässigte ihr Ebenbild mehr und mehr. Sie schien die überschwänglichen Liebkosungen vergangener Tage einer selbst gewählten Distanz zu opfern. Ja, opfern, denn es fühlte sich wie ein geplanter Abschied an, einer, der ihr nicht das Herz brechen sollte. Nicht noch einmal.

Mutter selbst hatte keine Geschwister (und ihr Lebenswandel war ein stummer, unausgesprochener Vorwurf gegen ihre Eltern), aber Vater hatte einen Bruder. Onkel Achim, der zwanzigjährig, geschwächt durch ein gebrochenes Herz, die um einige Jahre ältere, gestrenge, humorlose und unattraktive Hertha Leutsch geheiratet hatte. Mit ihr hielten, so die Legende, Geiz und Niedertracht Einzug in unsere gutmütige Familie.

Onkel Achim war Schornsteinfeger, und sein Beruf zeichnete ihn mehr als alles andere aus. Aus dem kohleschwarzen Gesicht leuchteten die hellblauen Augen, wenn eine Schar Kinder um ihn herumschlich und angezogen von seiner Aura aus Rauch und Ruß um Glück bat. Und konnte er sich für einen Augenblick dem bösartigen Kontrollblick seiner Gattin entziehen, ließ sich wunderbar mit dem seit seiner Hochzeit chronisch Nervenkranken herumtollen. Dass er seine Aufmerksamkeit mir, einem Mädchen, entgegenbrachte, kränkte wiederum meine Tante, die meiner Mutter die Tochter nicht gönnte. Onkel und Tante schwiegen sich genau wie meine Eltern meistens an. Doch während es bei den Eltern ein Wahren von Unaussprechlichem zu sein schien, war es bei Onkel und Tante pure Verachtung.

Das ungleiche Paar hatte einen Sohn, Enrico. Gemeinsam verbrachten wir unsere Kindheit, ungerührt von den Scharmützeln unserer Mütter, wie Bruder und Schwester, bis uns die Pubertät und mit ihr unversöhnliche musikalische und intellektuelle Interessen auf immer auseinandertrieben. Enrico imitierte ungeschickt die lächerliche Avantgarde der Jugendkultur Anfang der Neunzigerjahre, indem er weite weiße Hosen und weiße Bomberjacken trug und von Weitem so fett und bereift wirkte wie das Michelin-Männchen. Ein Stadium, aus dem er nicht herauswuchs, da er der scheue Fliesenleger blieb, der er mit sechzehn Jahren auf Drängen seiner Mutter geworden war. Er hätte Abitur machen können, aber Tante Hertha hielt nichts von Bildung, und Onkel Achim schwieg und senkte den Blick auf seine rauen Schornsteinfegerhände.

Bevor dieser lebensartliche Riss Enrico und mich entzweite, hatten wir über Jahre hinweg mit einer Horde anderer Kinder in Erwartung noch fernerer Geheimnisse jeden Backstein umgewälzt. Wir hatten schon immer in einer Atmosphäre ungelöster Rätsel gelebt. Mit dem Ahnen des Unergründlichen wuchsen wir alle auf, so, wie schon unsere Eltern, Großeltern und deren Vorfahren in Geheimniskrämerei, Andeutungen und Schweigen erzogen worden waren. Jedes Dorf ist ein Mysterium, ein Ort, an dem das Ungeheuerliche scheinbar mit großer Regelmäßigkeit wie prophezeit eintrifft.

In unserer Familie jedoch glaubte keiner an Verwünschungen, und vielleicht war das der Grund, warum unsere Familie von aller Unbill (mal abgesehen von Tante Hertha) verschont geblieben war. Ich also war gestärkt, furchtlos und besonnen. Doch eines Tages zog es mich zu Jan Pajak.

2.

Damals hieß es, dass Lydia Noll am Vormittag des 1. August 1993 ihren Großvater aus dem Nachbardorf zum Mittagessen hatte abholen wollen. Sie war seit einem halben Jahr volljährig und im Besitz des Führerscheins. An jenem Morgen verließen ihre Eltern das Haus im Glauben, ihre Tochter habe die Nacht bei *einem* oder *ihrem* Freund verbracht. Genaueres wusste man nie, und Ralf und Karin Noll hatten sich schon längst damit abgefunden, dass ihre Tochter die Dorfschlampe ihres Jahrgangs war. Irgendeine ist es immer. Sie kommen, gehen und wachsen so zuverlässig wie das Korn draußen auf den Feldern nach.

Um 11 Uhr waren Großvater und Enkelin verabredet gewesen, um 13 Uhr die Eltern über die Abwesenheit der Tochter verständigt, und um 14 Uhr gaben diese der Polizei zu Protokoll, dass sie sich Lydias Verschwinden nicht erklären konnten. Der Gelassenheit der Polizei, so erzählte man sich, setzte die Mutter energisch entgegen, dass ihre Tochter trotz ihres Lebenswandels niemals den geliebten, schwer kranken Großvater im Stich gelassen hätte. Sie brach in Tränen aus, und bald darauf begann die Polizei mit der Suchaktion. Für diesen Tag konnte sich niemand daran erinnern, das Mädchen gesehen zu haben, aber für den vorigen Tag konnte es das halbe Dorf und, so erzählte man sich, Lydia Noll sei zuletzt gestern spätnachmittags gegen 17 Uhr gesehen worden, als sie mit dem Rad aus dem Dorf gefahren war.

Jan Pajaks Grundstück lag auf diesem Weg, ganz am äußersten Rand des kleinen Erdkreises, den dieses Dorf wie jedes Dorf bildet.

Jahre später würde mir Jan Pajak erzählen, was er dem Polizisten zu Protokoll gegeben hatte, nämlich, dass er sie einen Tag zuvor hier gesehen, sogar mit ihr gesprochen habe, ein kurzes Geplänkel über dieses und jenes. Dann sei sie weitergefahren, und er habe ihr noch hinterhergerufen, dass sie nicht mit fremden Männern mitgehen solle. Der Polizist hatte ihn aus den Augenwinkeln angesehen und wissen wollen, ob er sie nicht zufällig danach gefragt habe, wohin sie unterwegs sei, woraufhin Jan Pajak, so erzählte er es jedenfalls sechzehn Jahre später, langsam den Rauch seiner Zigarette ausgeblasen und geantwortet habe: «Nein, es interessiert mich nicht sonderlich, was die Menschen hier tun.»

Fortan hingen Suchplakate in unserem Dorf und im gesamten Umland. Darauf sah man eine strahlende Lydia, und erfuhr, dass das 1,74 Meter große Mädchen mit den kastanienroten Haaren am Tag ihres Verschwindens mit einem schwarzen Top gekleidet war, worüber sie ein hellblaues Hemd getragen hatte, das unter der Brust zusammengeknotet war, dazu eine enge, mehrfach geschlitzte Levis und weiße Chucks. Als besonderes Kennzeichen war eine auffällige Schmetterlings-Brosche angegeben, die sie fast immer über der linken Brust trug. Modeschmuck, aus einem Automaten gezogen und goldfarben, besetzt mit vielen kleinen bunt gemischten Glitzersteinchen.

Der heiße Sommer dehnte sich in den August hinein. Am Horizont zogen Kolonnen von Mähdreschern ihre Bahnen. Die Bäuerinnen knoteten ihre Kopftücher und gingen in Scharen in die Heuernte.

Ich kurvte mit meinem Fahrrad auf dem steinigen Weg entlang der Felder Richtung Dorfausgang. Schmetterlinge, Libellen, Spatzen flatterten mir entgegen und flatterten mir voraus, und ich flog mit ihnen um die Wette. Es war noch ein langes Stück Wegs entlang eines Pappelhaines. Hypnotisch schwankten die Baumriesen, der Wind zauberte Muster in das sattgrüne Gras, und das Rinnsal eines Kanälchens gluckste mit jedem Steinchen, über das es hinüberfloss.

Alles war wie immer, und alles war ganz wundervoll.

Der Hof, den Jan Pajak seit einigen Monaten wieder bewohnte, lag abschüssig. Der Weg zu ihm führte ein langes Stück an einer verwilderten Obstplantage mit Apfelbäumen und Stachelbeersträuchern vorbei und endete schließlich an einem riesigen Hoftor, das alles dahinter Liegende verbarg. Es war ein Rolltor, dessen einstige grüne Lasur nur noch durch schuppende Partikel sichtbar war. Ich musste all meine Kraft aufwenden, um das Tor auf seinen rostigen Schienen in Bewegung zu setzen. Andererseits schloss es auch nicht mehr vollständig, sodass man durch einen Spalt auf das großflächige und verwinkelte Gelände sehen konnte.

Zunächst sah man eine scheunenähnliche Überdachung, die von einem schweren Gebälk getragen wurde und Platz für ländliche Arbeitsgeräte gab. Für Sattel, Schusterwerkzeug, Strohballen, für Viehtränken, Seile, Schubkarren und Arbeitskleidung. Das alles war wohl seit

Jahrzehnten nicht mehr benutzt worden, und über allem lag die Patina eines vergessenen Museums für Landwirtschaft. Links und rechts waren Stallungen, die einst Milch-, Schlachtvieh und Geflügel beherbergt haben mussten. Auf dem sich daran anschließenden unüberdachten Hof lagen überall Gesteinsbrocken. Backsteine, Pflastersteine, Kopfsteine. Sie waren zu Haufen getürmt, und mancher Haufen war bereits in sich zusammengestürzt. Irgendwann hatte jemand damit etwas Großes vorgehabt. Aber auch das musste lange her sein, und ich fragte mich, ob es sogar vor meiner Geburt gewesen war.

Am Ende des Hofes lag klein, geduckt und im Dunkeln das Haus. Es war zweistöckig, und doch meinte man, es könne nur Liliputanern ein angemessenes Obdach gewähren. In den winzigen Fensterchen hingen staubgraue Gardinen vor dunklen Vorhängen.

Nun lief ich zum zweiten Mal innerhalb einer Woche unter dem Scheunendach über den Hof auf das Häuschen zu, wo Jan Pajak im Türrahmen stand und mich empfing. «Sei gegrüßt, kleine Annie.» Ich blickte mich um, etwas fehlte. Jan sagte: «Ja, die Kätzchen. Es hat sich niemand gefunden.» Ich sah ihn an und zuckte mit den Schultern. «Aber sieh!» Er trat zu mir und drehte mich sachte um. Aus einer der Gesteinshöhlen kam der Tiger gekrochen und tapste freudig auf mich zu. Ich nahm ihn hoch und sagte: «Du bist also der Auserwählte. Du hast seine Gnade.» Jan lächelte. Dann führte er mich durch den düsteren Wintergarten ins Haus. Im Flur war der Geruch der Abwesenheit so stark, dass ich die Luft anhielt. Außerdem war es stockfinster, es gab nur ein einziges, zugehängtes

Fensterchen; Lichtspalten flimmerten zittrig an seinen Rändern. Schemenhaft erkannte ich einen Kellerabstieg und eine Treppe, doch bevor sich noch mehr Details aufzulösen begannen, öffnete Jan die Tür zur Küche und zur Helligkeit. Auf dem Küchentisch stand ein Krug mit frischen Kornblumen. Das Buffet aber und die Stühle, die Tapete, die Lampe, das gesamte Inventar stammten aus einer unbestimmten Vergangenheit, und das Aktuellste war ein Abreißkalender aus dem Jahr 1986. Jan bot mir Tee und Kuchen an.

Ich legte mein Päckchen auf den Tisch. Jan wickelte es aus und begutachtete die Taschenuhr: «14.37 Uhr, und der Sekundenzeiger kündet schon die nächste Minute an. Perfekt. Sie läuft. Ein Zahnrädchen greift ins andere und hält den unerbittlichen Kreislauf der Zeit am Rotieren.» Mein Herz pochte wild. «Du hat dir viel Mühe gegeben, Annie. Das gefällt mir. Sehr sogar.» Ich senkte den Kopf und sah auf meine gefalteten Hände. Jan streichelte mir über die Wangen. «Du bist was Besonderes, Annie. Ich möchte wissen, was du so tust, wenn du nicht gerade Taschenuhren reparierst.» Ich wusste darauf nichts zu sagen und zuckte erneut mit den Schultern.

Was hatte ich ihm schon zu erzählen? Es konnte ihn unmöglich interessieren, dass ich seit zwei Jahren hoffnungslos zurücklag. Die Kindheit war vorbei, und die Jugend hatte noch nicht richtig begonnen. «Was möchtest du wissen», flüsterte ich. Sehr anständig fragte mich Jan nach der Schule aus, nach meinen Nachmittagsbeschäftigungen und endlich nach meinen Lektüren. Gerade las ich *Die Abenteuer des Tom Sawyer*. Jan strahlte bübisch und zog mich in ein kleines Kammerspiel der Imagination. Er begann, die Story nach seinen Vorstellungen zu inszenieren. Wir verglichen unser reales Dorf mit dem fiktiven St. Petersburg und bespielten die Plätze. Wir vergaben Rollen. Ich sollte selbstverständlich Becky Thatcher spielen. Bei der Besetzung von Tom Sawyer gerieten wir in eine kleine Diskussion. Nein, protestierte ich, Jens Neubert eignete sich allenfalls für die Darstellung des Geißen-Peters; Jan nahm das hin, und schließlich einigten wir uns auf Arthur Schwarz (in den ich ein wenig verschossen war, was ich nicht zugab, Jan aber durch ein «Aha» erahnte). Wir fanden jedoch keinen würdigen Vertreter für den anarchistischen Huckleberry Finn. Er sagte: «Weißt du, ich war ein Huckleberry Finn. Ich lebte quasi in der Tonne.» Ich verstand nicht, was er damit meinte, und summte nur «Hm». Jan überging den kurzen Erinnerungsmoment und imitierte etwas albern Muff Potter. Irgendwie fühlte ich mich zu alt für diese Spielerei. Ich sah auf Jans muskulöse, behaarte Unterarme und spürte ein seltsames Ziehen tief unten, innen.

Jan war ein Südstaatenmystiker. Er hatte sich schon den Staub Yoknapatawpha Countys aus den Augen gerieben, und jetzt tat er so, als müsse er mich mit Lausbubengeschichten unterhalten. Tom Sawyer war ja der amerikanische Bruder von Pippi Langstrumpf! Hätte ich bloß nicht damit angefangen! Schließlich hatte ich mir erst kürzlich eine Ramsch-Ausgabe von *Also sprach Zarathustra* gekauft, hörte gerade allabendlich die *Kreutzersonate* auf Kassette, und überhaupt: Auch mein Tag hatte schon mit einer Schusswunde begonnen!

«Ich mag es, wenn Blut fließt», stieß ich hervor und unterbrach Jans Schauspieleinlage.

Jan sah mich an. Ich blickte an ihm vorbei auf die dänische Butterkeksdose im Regal gegenüber, auf der eine nostalgische Hafenszene abgebildet war. Während ich kaum zu atmen wagte, schien von seinen Lungen ein leichtes Fauchen auszugehen. Er zündete sich eine Zigarette an und versuchte, den Faden wieder aufzunehmen: «Na ja, da spricht wohl der jugendliche Eskapismus aus dir.» Er lächelte etwas gequält. Dann sagte ich: «Ich frage mich, was Lydia jetzt macht.» Jan verstummte. Ich schwieg. Ein Admiral hatte sich in den Falten der Gardine verfangen. Er kämpfte eine Weile gegen das Gespinst aus Staub und Kunstfasern an, dann gab er auf und verharrte reglos.

«Vanessa atalanta», sagte ich.

«He?»

«Ach, nichts.»

«Kennst du Lydia näher?» Ich verneinte. Jan köpfte eine Kornblume. Er betrachtete sie von allen Seiten, warf sie in die Luft, fing sie auf und zerrieb sie zwischen seinen Fingern. «Ich hätte bleiben sollen, wo ich hergekommen bin», sagte er. «Und wo bist du gewesen?», dachte ich, und er erriet es.

«Ich war überall. Europa, Afrika, Asien.» «Und warum bist du zurückgekehrt?», dachte ich erneut, doch diesmal ließ er mich mit der Frage allein.

Aber ich kannte ja die Geschichte, *eine* Geschichte, bis zum Jahr 1979 – dann blieb die Post aus, die Mutter so dilettantisch auf dem Dachboden versteckt hatte.

Schwaiga, 14. September 1977

Liebster, tagelang keine Post von Dir ... was soll das? Das kannst Du nicht machen, wie soll ich leben, wenn ich nicht weiß, ob Du lebst? Hier ziemliche Öde. Der Sommer neigt sich, alle sind auf den Feldern. Gestern wieder ein langes Gespräch mit Paps wegen Abitur. Wuttke würde wohl ein Wort für mich einlegen. Papa wäre so stolz, aber er hat nach wie vor Zweifel. Ich habe eigentlich nur Zweifel ...
Noch mal Schulbank drücken. Na ja, besser, als jeden Morgen mit dem Bummelexpress ins Werk zu fahren, und dann nichts als tippen, tippen, tippen. Aber was dann? Eigentlich will ich nichts anderes, als irgendwo sein, wo es nur uns gibt. Wo ich am Bahnsteig auf Dich warte, wenn Du von deinen langen Reisen nach Hause kommst, unser Zuhause. (Ich bin wie immer unpünktlich, Dein Zug ist schon vor zehn Minuten eingefahren, aber das weißt Du ja, und dann siehst Du mich, und ich sehe Dich, und dann wird wie immer alles gut.)
Aber dann denke ich auch an Mama, die will von Abitur und Studium gar nichts hören. Sie meint, das seien alles Flausen, und das Einfache sei für mich gerade gut genug. Sie hat recht, das weiß ich. Und überhaupt, mir kommen augenblicklich die Tränen, wenn ich daran denke, Mama, Paps und die Großeltern zu verlassen. Oma und Opa verwöhnen mich noch mehr, ich glaube, sie versuchen, mich mit ihrer Liebe zu bestechen. Das tun ja sowieso alle ... Und Du? Du tust immer so geheimnisvoll. Warum nur tust Du immer so geheimnisvoll? Tu nicht mehr so geheimnisvoll! Sonst habe ich so

eine kleine Angst. Und ich will mich doch freuen, wenn ich an Dich denke ... ich denke an Dich. Immerzu.

Etwas schwermütig, aber schwer verliebt,
Deine Hanna

Potsdam, 22. September 1977

Hanna,
ach, Hanna! Auch ich wäre stolz. Es ist ein Glück, dass Wuttke sich für Dich einsetzen würde. Er hat wohl einen Narren an Dir gefressen, aber bilde Dir bloß nicht zu viel drauf ein, denn er ist außerdem einer von den Gerechten, das wird jetzt auch Dein Vater einsehen müssen. Aber Schluss damit!
Von mir will ich erst gar nicht anfangen zu berichten. Ich werde Dir ohnehin alles bald selbst erzählen, mündlich (mündlich ... der Mund ... Du mundest mir –), denn ich komme nächste Woche für ein paar Tage nach Hause. Oder sollte ich sagen, in die Höhle des Löwen? Ach, jetzt verzieh nicht den Mund und leg nicht so die Stirn in Falten! Du weißt doch, was Du Dir mit mir eingehandelt hast. Und ich mir mit Dir.

Jan

Es waren die ersten Briefe, die ich vierzehnjährig aus der blechernen Keksdose fischte. In einer kleinen Truhe unter meinen verwaisten Plüschtieren und ausrangierten Klamotten wähnte Mama die Korrespondenz sicher. Ich war nun in einem Alter, in dem der Dachboden nicht mehr zu meinem Spielrevier zählte. Das musste Mama ausgenutzt haben. Doch eines Nachmittags trafen wir unerwartet auf dem Treppenabsatz zusammen. Mama kam von oben und putzte und pustete sich gerade Staub von der Kleidung. Sie erschrak, als sie aufblickte. Sie schob sich eilig an mir vorbei, während sie sagte: «Immer schleichst du dich heran. Hilf mir lieber, die Laken im Hof aufzuhängen.»

Gemeinsam spannten wir nun das riesige weiße Bettzeug auf die zweispurige Wäscheleine, die fast den gesamten Hof durchschnitt. Die Juliluft trieb den Waschmittelduft aus den klammen Stoffen, blies in die Bettbezüge und blähte sie zu Ballons. Ich war noch nicht zu alt und würde es niemals werden, um auf das Glück zu verzichten, durch die Tücher hindurchzutauchen, die windbewegten Laken mit den Armen zu teilen und kleine Pirouetten inmitten der kühlen Gewänder zu drehen.

Warum hatte sie sich erschrocken? Sie hatte etwas zu verbergen, ging es mir während meines Tanzes durch den Kopf. Überhaupt war ihr Verhalten in letzter Zeit seltsam genug. Ich werde nachsehen, ich werde nachsehen, sang ich beinah, als ich mich mit einem Drehwurm aus den Laken herauswühlte. Mutter schwang sich in diesem Augenblick aufs Fahrrad: «Ich habe einen Friseurtermin. Bis dann!» Wenige Minuten später eilte ich die Treppe hinauf und zögerte einen Moment, bevor ich die schwere Klinke der Dachbodentür herunterdrückte.

Es waren ein Bündel von Briefen, ein Notizbüchlein, das nicht ganz zum Tagebuch reichte, und einige Fotos. Von manchen ihrer Briefe hatte Mama mit Blaupapier Durchschläge angefertigt.

Schwaiga, 26.12.1977

Liebster Jan,
was für ein trübsinniges Weihnachten! Kein Wort von Dir. Aber danke für den Schal, der noch rechtzeitig angekommen ist. Er ist wirklich schön, wahrscheinlich hast Du ihn in Berlin gekauft. Eine Karte war ja beim Geschenk nicht dabei ... – Der Schal wärmt mich, denn mir ist kalt, entsetzlich kalt, aber es ist keine Kälte von außen, sie kommt von woanders her, und ich weiß gar nicht, wie ich mich vor ihr schützen soll. Hat Dir mein Geschenk gefallen? Ich hoffe, Du hast Dir das Päckchen noch rechtzeitig vor Heiligabend bei R. abgeholt. Blöd, dass wir jetzt auf Boten angewiesen sind. Schreibst Du deshalb kaum noch? Na ja, Du hast Wichtiges zu tun. Unser kleines Land beschützen. Hat es das so nötig? Hat es Dich so nötig? – Ich werde jedenfalls auch heute Nachmittag wieder in Tante Ursels muffiger Wohnstube sitzen und hoffen, dass Du anrufst.

Es schneit riesengroße Flocken.

Deine Hanna

Potsdam, 07. Januar 1978

Hanna,
unser Telefonat hat mich deprimiert. Dein vorwurfsvoller Ton greift meine Nerven an, die ich doch hier so dringend in einem stabilen Zustand benötige.
Wenn Du nur etwas Einsicht zeigen würdest! Die Dinge

sind nun mal zurzeit nicht zu ändern. Aber noch mehr deprimiert mich Dein letzter Brief, den ich erst heute bei R. abholen konnte. Es ist ja doch immer ein ziemlicher Weg von hier nach Pankow. (Manchmal treffen wir uns auf halbem Wege zur Übergabe, aber ich möchte ihm keine weiteren Umstände machen.) Wie soll ich Dir das nur erklären ... Es geht nicht um unser Land. Es geht um mich.
Bitte, bitte mach es mir nicht so schwer.

Mir fehlt Dein Honiggeruch, an dieser kleinen Mulde hinter dem Ohrläppchen ...

J.

Wer war dieser Mann? *Jan Pajak.*

Diesen Namen hatte ich in letzter Zeit öfters gehört, aber nicht zu Hause und aus keinem Mund, sodass ich davon ausgehen musste, ihn gar nicht wirklich gehört, sondern bloß *wahrgenommen* zu haben, wie ein Fluidum, wie Magnetismus, wie Elektrizität, wie etwas, das einfach da war. Ich wusste nur, dass diesem Mann das seltsame Grundstück fernab des Dorfes gehörte, der verwunschene Hof, um den ich schon als Kind manches Mal geschlichen war. Und diesem eigenartigen Mann schrieb Mama eigenartige Briefe, die später kaum mehr zu Liebesbriefen taugten. Fast schien es so, als hätten sich beide bemüht, dass es keine wurden. Während ich Mamas mädchenhafte Schönschrift gut lesen konnte, hatte ich Mühe, Pajaks Schrift zu entziffern. Es waren wie hektisch hingeworfene Buchstabenknäuel, die sich am Wortende entwirrten, bis nichts als eine nachlässig sich hinziehende Schriftspur blieb. Immer wieder musste ich von Neuem lesen, Buchstabe für Buchstabe, so, als sei ich gerade im Stadium der Alphabetisierung.

Mama schrieb über die Jahre hinweg auf dem gleichen Briefpapier, weiße Bögen, auf deren linkem oberen Rand ein Kleeblatt-Marienkäfer-Muster aufgedruckt war. Er benutzte von Anfang an ganz und gar schmuckloses Büropapier. Und später waren seine Umschläge mit exotischen Poststempeln versehen, und stets *Par Avion prioritaire.*

Was ging da vor?

Ich musste zu ihm.

3.

Vater war gerade dabei, die Schnitzel zu panieren, als ich von einer meiner Pajak'schen Erkundungstouren zurückkam. Er wendete vier weich geklopfte Fleischfladen in einer Melange aus Semmelbröseln und verquirlten Eiern. Oma und Opa schrieben wohl gerade Postkarten aus Fuerteventura, auf denen sie bedauern würden, dass ich nicht mitgereist sei. Leider habe ich das Sesshafte von meinen Eltern geerbt und war zudem noch ganz erschöpft von der österlichen Busfahrt nach Paris, die mich körperlich überfordert und nervlich überspannt hatte. Tagelang wankte ich entkräftet über die Straßen und Boulevards zwischen Saint und Seine und Sacre. Eine pubertäre Erschöpfung aus Eisenmangel und Hormonüberschuss schwächte mich so folgenschwer, dass ich kaum den Kopf Richtung Eiffelturm heben konnte. Damals fand ich nur Trost, als ich in Versailles in Filzpantoffeln über das wertvolle Parkett glitt.

Vater sah kurz auf und fragte: «Na, Hunger?»

«Bärenhunger.» Ich deckte den Tisch, nahm das vertraute weiße Geschirr mit den zarten Mohnblumen aus dem Schrank, legte das erodierte Silberbesteck daneben, hauchte die Weingläser an, polierte sie und hielt sie prüfend gegen das Licht. Ich zwinkerte Vater zu, er zwinkerte zurück. Die Küche war unser Revier, jedenfalls an Samstagen, Sonn- und Feiertagen. Mama vermochte zwar, Eintöpfe und Kurzgerichte zu kochen, aber selbst das mit nur wenig Pfiff. Eines jedoch, so schlicht und so gut, würde in der Familienmythologie auf ewig mit ihr verbunden sein: ihr Rührkuchen. Heller und dunkler Teig, der mit einer Gabel ineinander verzogen wird. Das schlichteste Kuchenrezept der Welt, aber niemand konnte es so gut backen wie Mama.

Als alles angerichtet war, betrat sie die Küche. Die Haare frisch frisiert, dazu ein dezentes Make-up. Bevor sie sich setzte, strich sie über ihr dunkelblaues Kleid, das eng tailliert war und einen weiten Ausschnitt hatte, der ihr porzellanenes Dekolleté freilegte. Auf den Tellern lagen Schnitzel, Buttererbsen und Petersilienkartoffeln (von unseren Feldern). Vater hatte als Beilage erntefrische Tomaten in grobe Stücke geteilt und mit ganz feinen Zwiebelringen vermischt, darüber Schnittlauchröhrchen, einige Tröpfchen Essig, Salz, Pfeffer. Mutter sah auf den Teller, diese schlichte Sorgfalt, und nahm wie immer kurz und dankbar Vaters Hand. Dann stießen wir mit Müller-Thurgau an.

Vater war wie üblich aufs Essen konzentriert, in seiner Haltung lag überhaupt nichts Bäurisches, nichts Proletarisches, er aß, wie er Miniaturen reparierte: Er widmete sich der Sache. Mama hingegen versuchte, mich in ein Geschnatter zu verstricken. Sie war aufgewühlt, von einer hektischen Fröhlichkeit, sie kam vor lauter Reden kaum zum Essen, gestikulierte mit den Händen, beugte sich beim Lachen vor und forderte mich heraus. Ich sollte meinen Anteil an der Unterhaltung beitragen, von Papa würde nicht viel zu erwarten sein, auch das sagte sie lachend, und als er Einspruch erheben wollte, fuhr Mama ihm in die Parade, ach, lass, Schatz! Dann rief sie die Hunde zu sich, die durch die geöffnete Küchentür gestürmt kamen und schmatzend die Reste ihres Schnitzels verputzten. Vater schüttelte den Kopf, doch Mama freute sich, schenkte uns kräftig nach und lobte die samstägliche Heiterkeit.

Dann fragte Vater: «Annie, wem gehört eigentlich die Taschenuhr, die kürzlich auf der Werkbank lag. Ein schönes Stück, dürfte um die 1000 Mark wert sein.» Klick-klack, Klick-klack – das Stakkato der Küchenuhr, ein Modell aus den 60er-Jahren, übertönte die Stille und forderte eine Antwort. Eine nicht allzu verlegene Antwort. Dafür war es bereits zu spät. Mama wurde still, stocherte in den Erbsen herum, sah scharf zu mir herüber und leerte das Weinglas in einem Zug.

Vater blickte zwischen uns hin und her.

«Ja, was ist denn nun? Gehört sie dem Leibhaftigen?» Und er lachte laut auf. Kleine rote Inseln bildeten sich auf meiner Haut. Doch ich hatte mich bereits entschieden. «Sie gehört Jan Pajak. Er hat mir auch ein Adler-Fahrrad geschenkt.» «So, so», sagte Vater. Er nahm die gelbe Serviette, fuhr sich über den Mund und sagte: «So, so.» Dann stand er auf und verließ die Küche. Mutter sah mich an und zischte: «Wenn du noch einmal hingehst, schlag ich dich tot.»

4.

«Vielleicht sollte ich dich warnen, kleine Annie. Dieser Ort heißt Brandstatt. Man sagt, er sei verflucht. Verhext. Meine Mutter war eine Hexe, das passt also. Hier ist noch nie jemand glücklich geworden.» Jan machte eine Pause. «Was weißt du über diesen Ort?» Ich erzählte die Sage, wonach eine Wahnsinnige von dieser Stelle aus einst das ganze Dorf in Schutt und Asche gelegt haben sollte. «Pah!», sagte Jan, «Hartnäckiges Gerücht. Möchtest du die Wahrheit über diesen Ort hören? Sie ist aber ein wenig unheimlich, und womöglich findest du dann nachts nicht mehr in deinen süßen Schlummer.» Ich zeigte ihm einen Vogel und sagte: «Ich habe vor nichts Angst. Also schieß los!»

Wir waren schon eine Weile über das Grundstück spaziert «wie Eduard und Ottilie», wie Jan sagte. Er begann, von Goethe zu erzählen, sprach von Weimarer Verfehlungen, die ich nicht einzuordnen wusste, und pflückte stattdessen im verwilderten Garten einen Strauß aus Kornblumen, Rittersporn und Katzenblutkraut. Am Schluss schnitt ich noch ein paar störrische wilde Rosen mit meinem kleinen Schweizer Taschenmesser ab und überreichte sie Jan: «Für das Fahrrad.»

Einige Tage zuvor waren wir uns zufällig auf dem Dorfanger begegnet, einem ungeschützten Ort, wo wir uns nur stumm zugenickt hatten. Nun ließen wir uns auf der morschen Holzbank nieder, die von Gräsern umwuchert vor dem kleinen Haus stand. Die Gräser schnitten mir in die Waden. Am Abend würde die Haut beim Waschen brennen.

Jan erzählte: «Vor weit über hundert Jahren kam eine Familie aus Süddeutschland hierher an diesen Ort und errichtete diesen Hof. Sie baute das Haus, die Ställe, legte den Garten an und beackerte das Feld da drüben. Vorher war hier nur Brachland. Die Familie, sie hieß Rauschkopff, bestand aus den Großeltern, den Eheleuten und sieben Kindern. Sie lebten zurückgezogen und waren sehr fromm. Was sie aus ihrer Heimat vertrieben hatte, konnte nie geklärt werden und gab schon zeitig Anlass zu wildesten Spekulationen. Es hieß, sie würden Unzucht mit ihren Kindern treiben – du weiß doch, was Unzucht ist?» Ich verdrehte die Augen. Er erzählte weiter: «Dann hieß es, der Mann habe eine seiner Töchter ermordet. Einmal kam es zu einer fürchterlichen Szene. Nach einem Kirchenbesuch riss sich das kleine Mädchen plötzlich von der Mutter los, rannte auf ein größeres Mädchen aus dem Dorf zu und rief: ‹Agnes, Agnes!› Es krallte sich an dem Mädchen fest, wollte es gar nicht mehr loslassen und schrie immerfort: ‹Agnes, Agnes, musst nicht weinen, musst nicht bluten.› Das vor Besinnungslosigkeit rasende Kind musste von sechs Erwachsenen von seinem Opfer getrennt werden, dabei kreischte es, biss um sich und fiel schließlich in eine tiefe Ohnmacht. Nach dieser schrecklichen Szene sah man die Familie nur noch selten, selbst dem Gottesdienst blieb sie fern, und am Abend des 27. Juli 1876 stand das Haus in Flammen.» Ich sagte nichts.

«Ein gewaltiger, stundenlanger Regen verhinderte ein völliges Abbrennen und bewahrte das Gut vor seiner Zerstörung. Aber der Regen, der sonst alles löscht, verhinderte auch ein Löschen der Spuren dieser Katastrophe. Er machte sie, wie durch ein Himmelsgericht, überhaupt erst sichtbar. Die Großeltern lagen erschossen im Bett. Doch das Bild, das sich mir seit meiner Kindheit tiefer eingeprägt hat, ist die Stube, um deren Tisch die Kinder und die Ehefrau an Stühle gefesselt waren, nur mehr Kohleskulpturen. Der Bauer, vermutlich der Täter, hatte sich im Hof an einem Balken erhängt. Aber – und das ist das weiße Nichts im finsteren Zentrum – es waren nur sechs Kinderleichen auffindbar. Das kleine Mädchen blieb spurlos verschwunden.» Ich atmete tief durch. «Einige Zeit später brach das Rußgerüst in sich zusammen und wurde abgetragen. Diese Stelle nannte man fortan die *Brandstatt*, und niemand im Dorf glaubte, dass sich hier jemals wieder jemand niederlassen würde. Und doch, nach vierzehn Jahren kam ein junges Ehepaar mit zwei Babys und bebaute und begrünte diese ausgestorbene Fläche.» Jan hielt inne und sah zu mir.

«Du glaubst auch, dass es das kleine Mädchen war, das zurückgekehrt ist», fragte ich. «Das munkelten natürlich viele. Sie machten Ähnlichkeiten aus. Aber dazu war diese junge Frau zu fröhlich, sie nahm mit ihrem Mann am Dorfleben teil und belächelte nur die Reden, wonach das Haus verflucht sei. Wenig später starb ihr erstes Kind, und kurz darauf wurde ihr Mann von einem wild gewordenen Gaul durch einen Tritt an den Schädel getötet. Die Frau nahm ihren einzig verbliebenen Sohn und verließ diese verfluchte Stätte.

Nun stand das Haus zwanzig Jahre leer, bis schließlich 1910 meine renitente Urgroßmutter hier einzog und auf das abergläubische Gerede der Bauern pfiff. Sie war natürlich auch Bäuerin, aber mit einem Spleen zur Auserwähltheit. Nicht unbedingt göttlicher Natur, eher, was das Dominieren betrifft. Sie war entsetzlich. Herrschsüchtig, knauserig, unerbittlich. Insbesondere meine Großmutter hatte unter ihr zu leiden. Ich liebte meine Großmutter, sie hatte als Einzige ein Herz. Meine Mutter war aus dem gleichen Holz geschnitzt wie meine Urgroßmutter.»

«Und ist bei euch auch jemand gestorben?», fragte ich, ohnehin skeptisch, vielleicht etwas zu mokant. «Nein, *das* nicht», antwortete Jan mit einer seltsamen Betonung. «Siehst du, kleine Annie, du hast ja Gänsehaut.» Er strich mir mit seinen Fingerkuppen über den Arm.

Ich schwieg und kämpfte gegen die Schwäche und das Bedürfnis an, meine noch ungeküssten Lippen auf seinen Kriegermund zu drücken. Ich krallte mich an der Bank fest und blickte zu Boden wie ein abgestraftes Schulkind. «Du bist so still», sagte Jan und streichelte mich weiter. «Ich muss an das kleine entfesselte Mädchen denken. Sofern es das überhaupt gegeben hat!» Ich sah scharf zu ihm hinüber. «Ich glaube, es hat mit seinem Ausbruch gegen die Ungerechtigkeit in seinem Leben rebelliert. Ich möchte wissen, was mit ihm geschehen ist», sagte ich.

«Siehst du den Saulushügel dort.» Jan deutete auf eine Anhöhe, auf dessen Gipfel seit Urzeiten ein Birkenzwilling vom Wind hin- und herbewegt wird. Den Fuß des Hügels umschloss ein Band aus Kornblumen.

«Da hat man sie vielleicht begraben. Ich habe mal Knochen dort gefunden.» «Quatsch», protestierte ich jetzt und löste mich von den zermürbenden Berührungen, indem ich ein wenig abrückte. «Als ob das etwas beweist! Ich finde ständig Knochen. Von Tieren. Oder, wer weiß (und nun fühlte ich mich plötzlich mit ihm verbunden), von Kriegsopfern.» Jan kräuselte die Stirn und zog mich wieder zu sich, indem er mich am Oberarm packte, als wolle er mich einem wütenden Tiger entreißen. Mein Schmerzensschrei blieb in meiner ausgetrockneten Kehle stecken, die Lippen waren schon aufgesprungen, und ein paar blonde Strähnen klebten an der schweißnassen Stirn. Hastig atmend griff ich ihn an: «Ich frage mich langsam, ob du mir nicht einen riesigen Gruselbären aufbinden möchtest. Du bist ein seltsamer Typ, die Leute haben recht. Aber ich will jetzt endlich Beweise, sonst gehe ich nach Hause und lese Grimm's Märchen, da wird man ähnlich gut unterhalten. *Allerleirauh*, zum Beispiel ...»

«Gut», sagte Jan und nahm mich an die Hand, «dann will ich mal ein Geheimnis lüften.»

Wir gingen zurück ins Haus. Er stellte zunächst die Rosen und den Gartenblumenstrauß in verschiedene Vasen. Dann führte er mich Hand in Hand durch die modrige Finsternis des Flurs. Vorsichtig schritt ich über die Steinfliesen, deren Kälte durch die dünnen Sohlen meiner Riemchensandalen drang. Ich suchte reflexartig an meinem Körper nach einem Atemschutz, aber da war kein Tuch, draußen in der Welt war ja heißester Sommer, so blieb nur der Rockzipfel, den ich nach oben vor den Mund zog, die Beine nun entblößt und der gruftgleichen Kälte ausgeliefert. Ich stieg die Treppe voran und blickte in nichts als Düsternis. Jan hielt sich ganz dicht hinter mir, um einen möglichen Sturz abzufangen, wie er tröstend sagte. Dann tasteten wir uns einen stockdunklen schmalen Gang entlang, an dessen Ende er eine Holztür entriegelte.

Augenblicklich ergoss sich eine Lichtflut über uns. Die Blendung war so stark, dass sich die Augenlider verkrampften. Noch war alles ein Gleißen, und schon stiegen wir erneut blind eine weitere Treppe empor. Morsches Holz, auf dem wir der Helle entgegengingen. Der Dachboden war eine Lichtkammer, wo Sonne und Schatten ein Werk aus unzähligen Partikeln von Staub, Spinnweben, Unrat zauberten. Ich beobachtete, dass Jan beim Einatmen winzige Teilchen einsog, die sich schließlich in das feine Geäst seiner Bronchien einnisten mussten. Ich machte ihn auf dieses respiratorische Spektakel aufmerksam, und wir husteten und lachten leise.

Nun öffnete Jan eine farbig verzierte Truhe mit der Aufschrift *Anno 1899*. Aus einer kleinen Schatulle zog er ein silbernes Kettchen. Er hielt es mir wie zur Hypnose vor die Augen, öffnete meine Hand und ließ es hineingleiten. «Schau mal!» Ich sah ein rundes Amulett, worauf ein fein ziseliertes Kreuz eingraviert war, ich drehte es um und las auf der Rückseite *Ruth*. «Es ist das Amulett des jüngsten Kindes. Du zitterst ja, Annie.» Nun ging er zu einem Nachttisch, schloss eine Schublade auf und holte etwas heraus. «Und hier, das Hauptbeweisstück, die Waffe.» Er faltete einen Lederlappen auseinander und hielt sie mir hin. «Kein Sorge, ist entladen.» Ich nahm sie, überprüfte das augenblicklich, begutachtete sie, den Lauf von unseren Körpern weggerichtet, wie mir es Papa beigebracht hatte (in den letzten Jahren hatte er einige Museumsstücke restauriert), und stellte fest: «Eine Smith & Wesson Hammerless!» Jan zog verdutzt den Kopf zurück, sah mich verwundert an, nahm mir den Revolver vorsichtig, aber entschieden wieder aus den Händen und hatte es plötzlich sehr eilig, die Waffe einzuwickeln und zu verstauen. Mich irritierte seine abrupt beendete Präsentation.

«Du kennst dich also nicht nur mit Taschenuhren aus!», sagte er herausfordernd und abweisend zugleich. Ich wollte wissen, woher er die Kette, die Waffe und überhaupt sein düsteres Wissen habe. Er sprach von archivalischen Recherchen, wich aus und wurde wieder sanft wie ein schnurrender Kater: «Möchtest du das Amulett einmal tragen?» Wortlos senkte ich den Kopf, hob die Haare an und gab den Nacken frei. Jan trat hinter mich und legte mir das Amulett an: «Schon wieder Gänsehaut», flüsterte er ganz dicht an meinem Ohr. Seine Finger fuhren über meinen Hals, betasteten die knochigen Schlüsselbeine und streichelten den Nacken. «Gefällt dir das?» Ich nickte. «Du bist zu jung. Dafür.» Ich schüttelte den Kopf.

Er setzte sich auf einen Stuhl und fixierte mich, eine Säule im Staubregen, im Lichtschacht, im Verließ. Sehr leise sagte er: «Komm!» Ich trat langsam an ihn heran. Er packte mein Handgelenk und zog mich auf seinen Schoß. Ich spürte plötzlich die Fadenscheinigkeit meiner spärlichen Kleidung. Ich hielt den Kopf gesenkt und verbiss mich in meiner Unterlippe. Ich roch einen neuen, unbekannten Geruch nach Tabak und Tier. Ganz sachte legte ich die Arme um den fremden Körper. Wissen konnte ich es noch nicht, aber schon ahnen, wohin seine nun einsetzenden kreisenden Beckenbewegungen führen würden. Einmal hob er mit der Hand mein Kinn hoch, Aug gegen Aug, doch es entfloh der Begegnung und verbiss sich in Hals- und Nackengruben. Er atmete schwer, krallte sich in mein Gesäß und presste Schoß gegen Schoß. Nach zwei leichten Stößen stöhnte er leise auf, zuckte und stützte seinen Kopf gegen mein Brustbein. Herz schlug gegen Stirn.

Dann bedeutete er mir aufzustehen. Ich löste mich von meinem ersten Liebhaber, ging einen Schritt zurück, trat aus der Sonne in den Schatten. Ich sah: Zuerst sanken der Kopf, dann die Schultern, dann der Rumpf – der ganze massive Körper schien in sich zusammenzusacken. Nur mühselig richtete er sich wieder auf, langsam mit halb geschlossenen Augen und verzerrtem Gesicht. Ich stand unbeweglich da, erstarrt, zu gelähmt für Scham. Jan sah zu mir herüber und sagte: «Geh!»

5.

Am Wochenende darauf war Sommerfest. Katrin, meine beste Freundin, holte mich ab, hakte sich bei mir unter und war aufgeregt wie ein Huhn. Sie versprach sich Unglaubliches von einem dörflichen Abend im August. Katrin war ein Früchtchen, an dem alles schon überreif war vor der Zeit. Erst kürzlich hatte sie sich von Dirk Bauer im Stehen entjungfern lassen. Sie trafen sich wie gewohnt im leer stehenden alten Schulgebäude zum Knutschen und Rummachen, und dann war es «einfach passiert», was sie jedoch sehr detailliert zu beschreiben verstand. Dem Akt sei eine Fellatio vorausgegangen, weshalb der arme Kerl es gerade noch ins Allerheiligste schaffte, dann aber augenblicklich jaulend kollabierte. «Erst ein Reingefummel, und dann war's auch schon wieder vorbei», lautete das forsche Fazit meiner Freundin. Ich war interessiert, aber skeptisch. Sollte man nicht besser dabei liegen? Wenigstens beim ersten Mal? Und dann Dirk Bauer! Ein noch nicht ausgepickelter Schlacks, mit blondiertem Pony und Kreole im Ohrläppchen. Katrin teilte meine Bedenken und war in Gedanken schon beim nächsten Kerl. Sie ließ mich nie spüren, dass sie es bei mir mit einer Spätzünderin zu tun hatte, dazu war sie viel zu selbstbezogen; etwas, das uns verband, denn mehr, als dass wir uns liebten, ertrugen und brauchten wir uns, weil wir beide (noch) keine Geschwister hatten.

Es fiel mir unendlich schwer, ihr zu verheimlichen,

dass ich nun etwas aufgeholt hatte. Dass sich Jan Pajak einen kleinen Orgasmus bei mir geholt hatte.

Das Sommerfest war um zwei Wochen verschoben worden – aus Rücksicht auf Familie Noll, die ihre Tochter, Schwester, Enkelin, Tante und Schwägerin Lydia vermisste. Die Causa «Sommerfest» war mehrfach in der Gemeindeversammlung besprochen worden, aber es war doch alles seit Wochen organisiert! Die Kindertanzgruppe wäre sicher enttäuscht, und die Modenschau, bei der Lydia hätte auftreten sollen, war ohnehin von der Liste gestrichen worden. *Die Dinge gehen ihren Gang.*

Auf dem Anger waren allerlei Fressbuden aufgestellt, dazu ein Kinderkarussell, ein Bierzelt und eine Bühne. Dort spielte gerade die örtliche Blaskapelle, als ich mit Katrin heranschlenderte. Auf den Bänken saß schon eng gedrängt das Publikum. Wir begrüßten unsere Freunde: die naive Nancy Hebestreit, die kapriziöse Susanne Fink, die kugelrunde Claudia Schmied, den ehrgeizigen Thomas Wollmann und den Gemütsmenschen Ingo Keller. Katrin sah sich besorgt um. Ich blickte sie etwas rechthaberisch an: Die großen Jungs würden sowieso erst am Abend kommen, das hatte ich ihr ja prophezeit, und nun war sie erst mal ein enttäuschtes Huhn. Wir neckten sie eine Weile, und bald war sie wieder erheitert, bald waren wir alle erheitert und bemüht, uns in Lästereien zu überbieten. Denn Sven «Svenni» Horstmann betrat die Bühne und gab den Moderator. Er trug eine mintgrüne Bundfaltenhose, ein gelbes Hemd, ein violettes Blouson und Slipper, barfuß. An der linken Hand prangte ein silbernes Billiguhrenfabrikat, sein braunes Haar war strähnig nach hinten gegelt. «Fehlt nur noch die Wolfgang-Lippi-Lippert-Gedächtnisbrille», raunte Ingo.

Svenni war Ende zwanzig und von Beruf Einzelhandelskaufmann in einem Elektronikmarkt. Er begrüßte uns: «Palim, palim und hallo allerseits! Ich werde euch heute richtig einheizen.» Er sah zum Himmel: «Hm, dabei ist es ja heute schon ordentlich heiß.» Er lüftete sein Blouson, roch an den Achseln und verzog das Gesicht. Lachen im Publikum. Svenni verstand dies als Aufforderung, das Niveau nicht zu heben: «Hauptsache frisch untenrum.»

Er vergeigte noch einige Gags, bis er zur Ankündigung der Tombola überging: «So, Freunde, es gibt zwei Dinge zu gewinnen: einen Hauptpreis und einen Trostpreis. Der Hauptpreis ist dieser supertolle Kaffeevollautomat, gesponsert vom Quelle-Shop. Und als Trostpreis spendiert die Fleischerei Wagner diesen leckereren Präsentkorb. Dazu fällt mir gerade ein Witz ein: «In der Metzgerei: ‹Ich hätte gern Leberwurst – von der groben, fetten.› – ‹Tut mir leid, die hat heute Berufsschule.›» Lautes Lachen. (Es würden nur noch wenige Jahre vergehen, bis ganze Landstriche zu verfetten begannen.) «Dann mal los!»

Das langwierige Rumreichen der Eimer für die Loszettel kostete Svenni einige Aufmerksamkeit, das Eintreffen unserer Fußballmannschaft, die am Mittag das Nachbardorf 4:0 geschlagen hatte, tat ein Übriges. Zwar konnte Svenni noch einen allgemeinen Applaus für die Kicker erwirken, doch gegen die bierselige Intimität von Glückwünschen und Umarmungen kam seine allmählich erlahmende Präsenz nicht mehr an. Noch immer wanderte der Eimer herum, wurden Lose gekauft; man plauschte, stieß an, trank, aß. Erneut probierte Svenni die olfaktorische Nummer.

Als Jacqueline Schacke die Loseimer auf die Bühne brachte, beleidigte er ihr Animal-Print-Dress: «Mmmh, Puma! – Riecht auch so.» Jacqueline machte eine Scheibenwischerbewegung und verschwand in der Heiterkeit des Publikums. Svenni versuchte, es sich zurückzuerobern: «Was sucht ein Einarmiger in einer Geschäftsstraße?» Murmeln, Rätseln, keine Antwort. – «Einen Secondhandshop.» Vereinzeltes Lachen. «Was ist braun und klopft an die Scheibe?» Pause, Schulterzucken, keine Antwort. – «Ein Kind im Backofen.» Vereinzeltes Lachen. Verzweifelt schrie er: «Was ist gelb und hüpft von Ast zu Ast?» Im Chor brüllte alles: «Ein Postfrosch.»

«Jaaaahh, ihr seid guuuuuut!», schrie er zurück.

Von sich selbst völlig berauscht, unterlief ihm nun ein übler Fauxpas: «Geht ein Kinderschänder mit einem Mädchen in den Wald. Das Mädchen fängt an zu jammern: ‹Hier ist es so dunkel, ich habe Angst.› Sagt der Kinderschänder: ‹Du hast gut reden. Ich muss nachher noch alleine zurück.›»

Stille.

Die Bühne war plötzlich sehr groß, ein furchterregender Schlund, und Svenni Horstmann plötzlich sehr klein, wie ein kümmerliches Insekt. Ein Windhauch fegte einen Papierfetzen über das Podium. «O.k.», sagte er sehr gedehnt: «Das war nicht mein Bester heute. Machen wir erst mal wieder ein bisschen Musik. Meine Damen und Herren – einen Applaus für die unglaublichen Bläser-Boys!» Svenni war schon fast von der Bühne verschwunden, als er noch einmal zurückkam: «Einen habe ich noch: Was ist Gruppensex in der Bäckerei? – Wenn ein ‹Amerikaner› auf zwei ‹Schnecken› liegt!»

Er winkte ab.

Die Combo intonierte *Greensleeves*.

Am Abend saß ich mit Katrin und den anderen auf der großen Steintreppe der *Schänke*, wo die Abschluss-Disco schon in vollem Gange war. Immer mehr Leute strömten an uns vorbei, auch solche aus den Nachbardörfern, die nicht gegrüßt, aber auch nicht gestört wurden – ein Ausdruck der traditionell unausgetragenen ethnischen Konflikte. Wir warteten. Albern und aufgedreht. Dann fuhr ein Moped vor, und Arthur Schwarz schwang sich elegant vom Sitz seiner Yamaha, nahm den Helm vom Kopf, schüttelte sein schwarz glänzendes halblanges Haar und lachte uns entgegen.

Er begrüßte alle sehr höflich, die Jungs mit Handschlag, die Mädels mit Wangenkuss. Dann stellte er sich auf die Stufen, zündete sich eine Zigarette an und inhalierte filmreif. Allen Mädels (und vielleicht auch manchem Jungen) schossen die Hormone durch die Blutbahnen. Katrin musste wohl gespürt haben, dass sie nicht in Arthurs Beuteschema passte, und hielt sich auffallend zurück. Dafür strahlte ihn Susanne Fink mit ihrem Schönheitsköniginnenlächeln an, hielt den Kopf grazil geneigt, zog eine Augenbraue gekonnt hoch, klimperte mit den Wimpern und tat schüchterner, als sie war, als sie fragte: «Wollen wir tanzen?» Arthur säuselte, dass er sich darum nicht zweimal bitten lassen würde, fasste sein erstes Opfer an die Hand, schickte es voraus und flüsterte mir im Vorbeigehen zu: «Aber nachher will ich mit dir tanzen. *Ich bin so verschossen in deine Sommersprossen.*»

Katrin hatte inzwischen mit Kai Völling angebandelt,

Nancy und Claudia stützten sich gegenseitig vor Lachen und Trunkenheit, und Ingo beobachtete die ganze Szenerie mit einer buddhistischen Souveränität. Ich war gerade mit Thomas in ein Gespräch über historische Flugzeuge vertieft, dabei hin und wieder ein Gläschen Eierlikör kippend, als Arthur auf uns zukam und Thomas bat, mich entführen zu dürfen. Der verneigte sich. Arthur bot mir den Arm und führte mich zum Tresen.

«Was möchtest du trinken?»

«Eine Bloody Mary, bitte.»

«Du bist echt hübsch geworden, Annie. Ein Mädel mit süßem Pony und Pferdeschwanz und blauem Sommerkleid, über das Blüten gestreut sind wie über eine Augustwiese.» Bevor er noch poetischer werden konnte, zog ich ihn auf die Tanzfläche. Zu *Shakespears Sisters* ließ es sich nur unkontrolliert bewegen: *Hello, hello/turn your radio on/is there anybody out there help me sing my song/la la la life is a strange thing/just when you think you learned how to use it it's gone.* Arthur umfasste meine Taille und drückte seinen achtzehnjährigen Adoleszenzkörper an meinen noch immer pubertierenden. Meine Brüste wurden an seinen Brustkorb gequetscht, und eine Handbreit über der Scham ließ er mich seine Härte spüren. Er rieb. Ich dachte an Jan. Wie wunderbar war das doch. Dass man sich mir widmete!

Unsere gerade begonnenen Atem-, Zunge-, Mund-Erkundungen (Arthur schmeckte nach Cabinet würzig und Braugold) wurden jäh durch eine Auseinandersetzung am Tresen unterbrochen. Dort lehnte, polterte, schwankte Lukas Krüger, Lehrer für Sport und Deutsch und Schwager von Lydia Noll. Er wurde von mehreren Männern umringt, die auf ihn einredeten wie auf einen alten Gaul. Zwischen den Beats von Cypress Hill – *Insane in the membrane* – hörte ich die Worte «Pajak» und «Schwein». Sie rotteten sich zusammen. Ich erschrak. Ich musste ihn warnen! Sofort entwand ich mich aus Arthurs Fängen, rannte durch das Spalier meiner betrunkenen Freunde, eilte die Steintreppe hinab auf die Straße, streifte die Sandalen ab und lief mir die Füße blutig, bis ich erschöpft und keuchend an einem Graben am Dorfausgang zu Boden sank. Von hier aus immer weiter in die sommerliche Finsternis, und ich würde in einer Viertelstunde die Brandstatt erreicht haben. Aber was, wenn mich seine Rächer dort vorfinden würden? Was, wenn Mama bei ihm wäre? Oder, noch schlimmer, eine andere Frau?

Da hörte ich ein Motorengeräusch.

Zweitakter, dachte ich und wusste: Arthur war mir auf der Spur. Ich lief auf einen Pappelhain zu, der von hohen Gräsern umwachsen war und entlang eines kleinen Flutgrabens verlief. Dort kauerte ich mich zusammen wie ein hilfloses Tier und betete: «Bitte, bitte, lieber Gott, mach, dass er mich nicht findet!» (Und wie hatte Lydias Stoßgebet geklungen, neulich, in jener Nacht?)

Das Moped kam näher, sein Licht flutete wieder und wieder gegen mein schützendes Geflecht aus Ästen und Halmen. Arthur hielt an und stieg ab. Er lachte und rief: «Coole Nummer. Das hat noch keine mit mir gemacht!» Er eilte auf die fünf Gartenhäuschen zu, die an diesem Abend alle unbehaust waren, sprang in die Vorgärten und juxte herum. Er begriff es als Spiel. Dummer Junge. Für mich war es Ernst, todernst. Ich verharrte und sondierte neue Fluchtwege, als mein Verfolger plötzlich auf den

Hain zugestürmt kam. Er rannte ihn suchend ab und blieb keine zehn Meter entfernt vor mir stehen. Ich hörte sein Herz schlagen. Ich sah ihm in die Augen. Er aber sah einen Fuchs, vielleicht einen Marder, gar ein verirrtes Reh. Wütend trat er in die trockene Scholle, fluchte, ging zu seinem Moped und fuhr davon.

Dann war es still. Kaum, dass man das Gebell der Hunde auf den Höfen noch hörte. Und doch – jetzt sehr nah und sehr laut – Frösche und Grillen. Ich blieb liegen und lauschte dieser kleinen Kammermusik im großen Raum. Der Mond warf weißes Licht in die Niederungen. Ich fröstelte nur ein wenig.

6.

Jan war malträtiert. Eine Augenbraue aufgesprungen, die Lippe aufgeplatzt, und an Hals und Armen hatte er etliche rotblaue Striemen. Ich hatte erneut das mütterliche Verbot gebrochen und war zu meinem unmöglichen Liebhaber gefahren.

«Sie waren gestern Nacht hier. Zu fünft. Aber frage nicht, wie *die* heute aussehen!» Er lachte gequält: «Ein alter Krieger weiß sich doch zu wehren». Er machte eine Pause. «Es gibt etwas, das ich nicht verstehe.» Er sah mich ratlos an und ließ seinen Kopf in seine Hände sinken: «Etwas verstehe ich nicht.» Ich hätte nachfragen können, was er nicht verstünde und warum sie ihn verdächtigten, stattdessen legte ich meine Hand auf seinen feuchten Nacken.

«Gestern habe ich Arthur Schwarz geküsst. Es war mein erster Kuss. Denn geküsst haben wir uns ja nicht, neulich.» Ich nahm die Hand wieder von seinem Nacken und lehnte meinen Kopf an seine Schulter. Meine Hand lag jetzt auf seinem Buch. Ich begann, ihn zu streicheln. Die Hand glitt unter das T-Shirt und balancierte auf dem schmalen Grat zwischen Hose und Haut. Jan hatte sich zurückgelegt, die Augen geschlossen und atmete tief und tiefer, denn meine Hand war jetzt zwischen seinen Beinen.

«Lass!», sagte er leise. Doch ich ließ nicht.

«Lass!», sagte er lauter. Doch ich ließ und ließ nicht.

«Lass! Lass! Lass!», rief er gequält.

Plötzlich riss er sich los, rannte wie um sein Leben die Treppe hinauf und verschwand im Schlafzimmer. Ich verfolgte ihn, nahm zwei Stufen auf einmal, rutschte ab, riss mir das Knie auf und weinte und schrie: «Katrin hat es neulich zum ersten Mal gemacht – mit vierzehn. Inga war ganz und gar erst zwölf.» Ich hatte ihn eingeholt und zerrte an ihm herum.

«Hör auf!», hörte ich es brüllen, und dann war alles still.

Gardinen, die vom Wind bewegt werden. Traktorengeräusch von ferne und der hastige Atem eines Mannes, der sich vergessen hatte. Die ersten Dinge, die ich wie aus Narkose erwachend wahrnahm. Ich lag neben ihm auf dem Bett. Als ich wieder zu mir kam, war es schon zu spät. Auf meinem Oberschenkel, meinem Kleid und dem Laken waren Schlieren eines unbekannten Sekrets. (So sah es also aus!) Unsicher tastete ich nach meinem Schritt. Den Slip hatte ich noch an. Jan hatte sich weggedreht. Sein Atem beruhigte sich. Ich beobachtete das verlässliche Auf und Ab seiner Schultern, das Beben seines herkulischen Oberkörpers. Zaghaft tastete ich mich zu seinem Rücken, strich darüber hinweg, hin zu den Armen und gelangte streichelnd zu seiner Hand. Jan rührte sich nicht. Immer und immer wieder nahm meine Hand den Weg über seinen Arm zum Nacken, zum Kopf und zurück zur Hand. Ich streichelte ihn wie ein verendendes Tier.

Er blieb stumm und reglos. Ich stand auf und ging.

Zwei Tage später hieß es, Jan Pajak habe das Dorf verlassen, er sei flüchtig, die Polizei fahnde nach ihm. Ich zog das Amulett aus der Schachtel mit den harmlosen Erinnerungsstücken hervor und überlegte mir ein sicheres Versteck. Ich hielt es in der Hand, legte mich auf mein Bett und konnte kein Gefühl finden. War ich verlassen, missbraucht, belogen? War ich vielleicht sogar froh, dass der Spuk jetzt ein Ende hatte? Nichts passte.

Da klopfte es an der Tür, und auf meine Aufforderung trat Oma herein. Sie wolle mal nach dem Rechten sehen, ich habe mich den ganzen Tag ja nicht blicken lassen. Schon saß sie auf meiner Bettkante und strich mir über den Kopf, und ihr Trost und ihre Wärme rührten mich so, dass ich zu weinen anfing. Sie sagte: «Ach, Kindchen!» Und fragte dann vorsichtig: «Arthur?», und ich antwortete vorsichtshalber: «Ja!» Dann fiel ich ihr, das Amulett fest verschlossen in der Faust, um den Hals und schluchzte: «Ach, Oma!»

Spät am Abend ging ich in die Stube. Mama stand am Fenster und starrte in den Regen. Sie rauchte. Als sie sich umdrehte, waren ihre Augen schwarz gerändert von zerfließender Mascara. Mutter sah mich tief an. Ich hielt ihrem Blick stand. Wir waren auf Augenhöhe.

Noch ein einziges Mal fuhr ich zum Pajak'schen Hof, sah, dass das Tor versiegelt war, brach das Siegel, betrat die Geröllwüste und flüsterte: «Miez, miez.» Ein entkräfteter Tiger schlich auf mich zu. Ich bückte mich zu ihm herunter und versuchte, ihn zu überzeugen: «Ich kann mich nicht um dich kümmern. Justus und Hermann machen Hackfleisch aus dir. Dauernd bringen sie getötete Katzen mit nach Hause. Keiner will dich. Nicht mal die Polizei hat sich für dich interessiert.» Das Tier schnurrte traurig.

Ich nahm es auf den Arm und versprach, dass es ihm bei der verrückten Katzenfrau, einer Cousine von Papa, gut gehen werde. Dann legte ich das verlassene Bündel Leben in ein Körbchen und fuhr los.

Lydia war verschwunden. Jan war verschwunden. Furcht kroch in mich, blieb und kroch allmählich wieder heraus. Eine Weile noch ging ich auf unseren Dachboden, um die Briefe vorsichtig auseinanderzufalten, zu lesen und wieder in die Kuverts zu schieben, aber irgendwann gab ich diese heimliche Lektüre auf. Ich hatte noch eine ganze Jugend vor mir, und so rückte diese Geschichte in entlegenere Kammern der Erinnerung, trat ab und zu ans Licht, und doch forderte die Gegenwart die ganze Aufmerksamkeit ein, wurde selbst Erinnerung, bis eine weitere Gegenwart mit ihrer unbestechlichen Autorität auch diese Erinnerung niederzwang.

Jan und Lydia blieben verschwunden. Das war eine Tatsache. Doch was gewesen ist, ist eine Fiktion. Es ist das Uneinholbare der Erinnerung. Man kann vergessen.

Das hoffte ich bis zum 13. Juli 2009, ein gleißender Tag. Damals überquerte ich die Berliner Friedrichstraße und erkannte Jan Pajak wieder.

Grind

1.

Sommer 2009

Jan Pajak war an mir vorübergegangen, und die Sekunde des Zweifels wollte sich nicht einstellen. Das Herz schwirrte nervös, und ein Gedankengestöber begleitete mich zur U-Bahn. Ich nahm die Kopfhörer aus den Ohren und versuchte, irgendeinen Gedanken zu fassen, der mich wieder im Hier und Jetzt verortete. Schließlich hatte ich seit einigen Monaten endlich das Gefühl, weniger entfremdet und unbehaust zu sein. Es gab keinen Anlass dazu, ich irrte nach wie vor planlos durch mein ziemlich einsames Leben, aber etwas hatte sich verändert. Vermutlich war es bloß die Ernüchterung, aber dafür gab es auch weniger Schmerz. Der Preis dafür war das Schwinden des Spektakels, das allerdings ohnehin fast nur aus seelischen Zurichtungen bestanden hatte.

Die Ernüchterung war also ein Trostpreis. Und zugleich eine Meditation. Beinah unbeweglich und endlich ruhig atmend harrte ich aus und hoffte kaum mehr. Doch nun war alles von Neuem wieder ins Wanken geraten. Das arhythmische Rucken der U-Bahn versetzte mich in eine Erinnerungstrance.

Ich sehe Jan Pajak am Vorabend seines Verschwindens von meinem Observationspunkt aus Kornblumen pflücken, sehe, wie er den Strauß mit Ähren zusammenbindet, in einer großen Ledertasche verstaut und auf seinem Moped davonfährt. Ich sehe, wie Mama eilig das Haus verlässt, gebrochen wiederkehrt, Papa schweigt, Oma seufzt und Opa den Kopf schüttelt. Vor allem aber sehe ich, dass sie alle etwas wissen. Wenn auch jeder etwas anderes.

Ich rannte die Treppe zu meiner Neuköllner 1-Zimmer-Behausung hoch, fingerte aufgeregt mit dem Schlüssel im schwergängigen Schloss herum, öffnete schließlich die Tür mit der Wucht eines Befreiungskommandos, hetzte zum Laptop und tippte den Namen Jan Pajak in die Suchmaschine. Ich ließ mir keine Zeit, irgendeine Erwartung aufzubauen, es war ohnehin ein Reflex. Die Finger waren schneller auf den Buchstaben als Hoffnungen im Herzen. Und so reichte es nicht einmal zum Seufzer, als das einzige Suchergebnis zu einem polnischen Ufologen führte.

Hatte ich tatsächlich erwartet, dass er sich nach *all dem* ungeschützt in die Unentrinnbarkeit des Netzes begeben würde? Jemand, der seit sechzehn Jahren auf der Flucht war und der gar nicht wissen konnte, dass ich ihm auf der Spur war. Mir wurde bewusst, dass ich nichts von ihm besaß, nichts, das an mich gerichtet war. Nichts als die Erinnerung an die Briefe, die er aus einem anderen Exil an meine Mutter geschrieben hatte.

Dass er nicht im Internet auftauchte, schnitt ihn irgendwie von meiner Wahrnehmung ab. So, als gehörte er einer anderen Spezies an, einer, die nur ein halbes Leben, das Real-Life nämlich, führte. Die andere (wesentlichere) Hälfte bestand für mich seit einer Weile aus kleinen Sprachsequenzen, die über meinen Bildschirm wie aufgescheuchte Häschen huschten. Oft starrte ich stundenlang manisch auf das Textfeld und verlor mich in Gedankenfetzen, die auf 140 Zeichen limitiert waren und dennoch die ganz großen Fragen (*Halbes Brot gekauft. Wer wohl die andere Hälfte hat?*), Sehnsüchte (*Laufe durch vereiste Straßen in der Hoffnung, zufällig ein Mädchen aufzufangen*) und Erfüllungen (*ich lass nichts auf dich kommen, außer mich)* behandelten. Oder auch das Hochamt von Albernheit (*Kommt, Mitpunks! Wir essen unser Knoppers einfach jetzt schon!*), Witz (*Luke Skywalker sieht aus wie der Hässliche von ABBA*) und Wahrheit (*Wunden entstellen nicht den, der sie trägt, sondern den, der sie verursacht hat*).

Twitter bot mir die Möglichkeit eines Verschwindens aus der Welt mit der Welt.

Zunächst jedoch saß ich vor dem Bildschirm und war ein Opfer der Ungeduld des Zeitalters. Ich war es gewohnt, das Internet als Orakel zu benutzen. Blieb es stumm, existierte für mich der Gegenstand der Anrufung nicht mehr. Natürlich war es ein wahnsinniger Kurzschluss zu denken, zwischen dem Tabu meiner Jugend und dem Exhibitionismus des Netzes läge nicht mehr als ein in den Suchwortschlitz getippter Name. In Wirklichkeit lag dazwischen ein tauber Raum, nicht abzumessen groß, dunkel, stickig. Und in irgendeinem verstellten Winkel lag eine Geschichte verborgen, meine Geschichte womöglich, deren Verstrickungen einem Menschen das Leben gekostet hatten. Ich tippte die Zeile *Gib mir wieder Worte* und trennte mich von meiner Weltfluchtmaschine. Ich war verabredet.

Denn bevor Jan Pajak wieder in mein Leben trat, gab es Leo Lawinky, ihn, der da war und sich entzog, der fremd blieb und mir alles bedeutete, ihn, den ich sogar vermisste, wenn er bei mir war. Es ist *die* Geschichte vor *der* Geschichte.

2.

Von all meinen Idiosynkrasien waren die gegen Mundgeräusche die schlimmsten. Das Kauen, Schmatzen, Schnalzen, Schlürfen und Pfeifen anderer konnte mich zur Weißglut bringen, sodass es mir unmöglich war, in anderen Kategorien als vernichtenden weiterzudenken. Sofort wollte ich die Quelle meines brennenden Ungemachs ausgeschaltet wissen, wie z. B. die Mittvierzigerin in der U-Bahn, die fortwährend und scheinbar auch noch mit Genuss in eine rohe Möhre biss, sodass es laut knackte, gefolgt von einem Kaugeräusch, das wir in unserem Landstrich *Schnorbsen* nannten. Nach der Möhre fingerte die Frau einen Kohlrabi aus der Brotbüchse. Ich entwürdigte sie mit einem Blick, der Ihre ganze Existenz infrage stellte, und verließ den Waggon.

Leo Lawinky war der erste Mensch, dessen Atmen, Essen, Schlafen, Trinken ich ertrug. Ganz gleich, ob er mit männlicher Entschlossenheit in Möhren, Kohlrabi, Äpfel biss, ob er heiße Suppen oder Tees schlürfte – nie löste es in mir auch nur die zaghafteste Gereiztheit aus. Deswegen blieb ich bei ihm. Und er schlief leise, so leise, dass ich oft davon aufwachte und mein Ohr an sein Herz legte, um zu prüfen, ob es noch schlug.

Leo war Referent, Redenschreiber und Autor eines 700-Seiten-Romans. *Risach,* ein Historienschmöker, ein Kolportagewälzer, ein furioses Opus magnum, das von der

Kritik zerfetzt und von einem äußerst exklusiven Publikum geschätzt wurde.

Mein Kopf ruhte auf seinem Bauch und beobachtete den postfellatiösen Schwanz, ein erschöpftes Tier, als ich ihn fragte, ob er ein weiteres Buch schreiben werde. «Ich habe meinen Dienst an der Kunst geleistet, das muss reichen», war seine Antwort, in die ein Schuss Resignation gemischt war. Aber mit einer ciceronischen Überlegenheitsgeste fügte er hinzu: «Ich bin angetreten, die Mittelmäßigen dieser Welt in die Schranken zu weisen. Das habe ich hiermit getan.» Ich lachte und küsste den Bauch, und er stimmte in mein Lachen ein und schob schließlich meinen Kopf weiter abwärts. «Noch einmal bitte!»

Ich begegnete Leo das erste Mal auf einer Konferenz mit dem Titel *‹Sex› und ‹Drittes Reich›. Möglichkeiten einer Begriffsbestimmung jenseits der Anführungszeichen.* Die Tagung wurde im Mai 2003 vom Historischen Institut der Universität Potsdam veranstaltet, wo ich studentische Hilfskraft am Lehrstuhl von Prof. Dr. Laurenz C. Schöller war, der als einflussreich, aber nicht begnadet galt. Leo erinnerte mich an jemanden, und als ich seinen Namen für den Tagungsflyer in die Tastatur tippte und ihn mir vorzustellen begann, verschmolzen Erinnerung und Fantasie auf wundersame Weise. Ein Déjà-vu, vermutlich.

Die Tagung fand im Alten Rathaus statt, und über dem Gebäude thronte ein ganz und gar goldener Atlas, stemmte das Gewicht dieser Welt und funkelte bis an die jenseitigen Ufer der Havel.

Leo war dem Panel III zugeordnet: *Satyrisches/Satirisches.* Sein Beitrag *Als der Führer nicht kam* begeisterte und empörte und manifestierte seinen Ruf als unwiderstehliches Schandmaul. Wie fast alle meine Männer siezte ich auch Leo zu Beginn: «Könnten Sie mir mal bitte so ein Blätterteigtürmchen reichen?» Wir schoben uns im dichten Gedränge am Buffet entlang, ich berührte ihn bei der Frage, er drehte sich augenblicklich um: «Darf ich das Türmchen mit den Händen reichen?»

«Selbstverständlich.»

So, als wären wir durch diese Aktion eine tiefere Verpflichtung eingegangen, bewegten wir uns gemeinsam aus der Schlange heraus und steuerten einen Stehtisch an. Leo, der Aufmerksame, machte noch eine elegante Drehung nach links zur Weintafel, deutete auf Rot und Weiß, woraufhin ich beim Weißen den Daumen hob, und brachte zwei Gläser und Servietten. Mit Blick auf meine erbeutete Snack-Vielfalt sagte er: «Ich weiß jetzt, dass Sie Blätterteig, Artischocken, getrocknete Tomaten, Lachs und Weißwein mögen, aber wie Sie heißen, weiß ich noch nicht.»

Ich stellte mich vor. Wir stießen an.

Leo Lawinky. Annie Veit.

«Sie haben also einen dieser begehrten Hiwi-Jobs abgegriffen. Herzlichen Glückwunsch. Haben Sie viel zu tun?», fragte er interessiert.

«Gerade redigiere ich das belanglose und grottenschlechte neue Preußen-Buch von Schöller.»

«Oha! Sehr loyal sind Sie ja nicht.»

«Wenn Sie wüssten, *wie* loyal ich bin.»

Leo zog die Augenbrauen hoch, schürzte die Lippen

und pfiff. Er mochte sich etwas denken, doch was immer es war, es wich einer unnachahmlichen Suada, die mit einem tiefen Luftholen und Fokussieren des Blicks vorbereitet wurde. Er sprach, als müsse er Hundertschaften unterhalten. Und bald darauf bekam er auch mehr Publikum.

In der Couchecke des Foyers fand sich die Prominenz der Berliner Kulturwissenschaft zusammen und lümmelte sich in die Clubsessel. Stühle wurden dazugestellt, und das Ganze bildete unter einem sozialistisch-visionären Wandmosaik eine exklusive Lounge. Schöller, der seine fachliche Zweitklassigkeit durch rührende Herzlichkeit kompensierte, gab den Gastgeber. Er sah mich und rief: «Frau Veit, schön, dass Sie auch noch da sind. Und Herr Lawinky, wie schön. Setzen Sie sich doch zu uns.» Er bot mir den Stuhl neben sich an.

Prof. Schöller hatte mich vor einiger Zeit in den Kreis der Eingeweihten berufen. Ich gehörte zum Stab derer, die seine Stichpunktnotate von ihrem Stilblütenreichtum befreiten und zu les- und verkaufbaren Büchern machten. Ich hielt geheim, was ohnehin alle wussten: Schöller konnte nicht schreiben, sondern *ließ*.

Prof. Katzlers feuerroter Kopf leuchtete aus einer Rauchwolke hervor. Neben ihm saß sein Freund Prof. Pietsch, ebenso im Dunst, und gemeinsam vernichteten sie zwei Schachteln Roth-Händle und tranken, was immer ihnen nachgeschenkt wurde. Leo saß neben dem Star der Kulturwissenschaft, der in die Jahre gekommenen Prof. Dr. von Urban, die von einer spröden Erotik war. Er nahm die Grande Dame ein wie einen Kriegsschauplatz und feuerte mit seiner stärksten Munition, den Erlebnissen seiner winterlichen Sibirienreise vor einem Jahr. Als er zu der Episode gelangte, bei der der Lkw wegen Motorschadens plötzlich inmitten der einsamen Eiskuppel, die die Welt jetzt zu sein schien, stehen geblieben war, stieß die Professorin ein kleines «Oh!» aus. Auch die anderen in der Runde lauschten inzwischen, und Leo wurde für mich, was er war – ein *Talkmaster*.

Er fuhr mich in dieser Nacht nach Hause und sagte zum Abschied: «Ab morgen können wir uns ja duzen.»

Ich wusste nicht, ob das ein Flirt war oder ein militanter Übergriff auf meine Nerven. Auch am nächsten Tag suchten wir uns, doch ich wusste nicht, worauf das Geplänkel zwischen Nüchternheiten und Anzüglichkeiten hinsteuern sollte. Gab er mir eine minimale Bevorzugung? Er unterhielt sie ja alle! Die mausgrauen Tagungshostessen genauso wie die glamouröse amerikanisch-jüdische Gelehrte Elly Weisz, den nikotinkranken Prof. Dr. Ralph Pietsch oder die verknöcherte, ewig vor sich hin habilitierende Dr. Karin Ullmann. Doch er wusste, dass Konversation ein Tauschgeschäft war. Und seine Rolle war die eines Gönners. Denn die Aufmerksamkeit, die er von anderen wie eine Willensübung einforderte, gab er zurück wie ein großzügiges Geschenk. Gleichsam eine Gabe. Er gab. Und er nahm. Er nahm die Luft, die wir anderen atmeten.

Ich sah das dunkle Brusthaar durch das helle Hemd schimmern, sah die Muskeltrosse, die die Sakkoärmel bedenklich spreizten, und sah in die wölfischen Augen. Ich roch die mit Fahrenheit gepflegte Männlichkeit. Ich sah, ich roch, aber es kribbelte überhaupt nicht. Es strapazierte. Denn ich ahnte bereits, dass ich schon im Ring stand, einem ungleichen Gefecht zwischen Fliegen- und Schwergewicht ausgesetzt.

«Würdest du mir einmal deine Brüste zeigen?», fragte Leo, als ich die Vorlage lieferte, indem ich von meinem zwickenden neuen BH zu sprechen anfing. Ich wurde nicht mal schamrot, sondern antwortete, als würde ich einem Vertrag zustimmen: «Ja. Wann und wo?»

Am nächsten Wochenende vögelten wir das erste von ca. tausend Malen. Leo hatte mich zum Essen zu sich eingeladen und gab sich kaum Mühe, den Verführer zu mimen. Als ich mich die sechs Stockwerke zu seinem Schöneberger Dachterrassentraum hinaufgekeucht hatte, stand die Tür halb offen, und von innen bat eine fröhliche Stimme, einzutreten. Leo stand unter einer Dunstglocke am Herd, über seinem legeren Sommeroutfit – helles Hemd über schwarzer Stoffhose – trug er eine Kochschürze, auch hell, ohne Aufschrift. Ich stand noch etwas verlegen an der Küchenschwelle, er kam einen Schritt auf mich zu, Küsschen links, Küsschen rechts: «Geht's gut?»

Es war Spargelzeit. Und noch bevor mir sein Körper Appetit machte, schmeckte mir sein Essen. Die Sauce Hollandaise war in einer viertelstündigen Prozedur zu einer cremigen Schmeichelei aus Butter und Eigelb geschlagen worden, die auch wirklich erst in dem Moment stockte, als er sie über die heißen Spitzen goss. Leo wunderte und freute sich über meinen kerngesunden Hunger, und ich erklärte ihn mit meinem bäurischen Wesen.

Wir aßen auf der Terrasse, ein leichter Wind trieb Rosenblätter aus Leos Zucht über die Steinfliesen. Das Dessert, Walnusseis mit einer warmen Soße aus Ingwer, Zitrone und Zucker, verzehrten wir auf dem Dach, und Leo deutete in alle Richtungen auf Hochhäuser, Schornsteine und Kirchtürme. Ich folgte seinem ausgestreckten Arm und den Erläuterungen, aber ich interessierte mich damals kaum noch für diese Stadt. Über uns schossen Schwalben durch die Luft und pfiffen auf das blasse Abendrot.

Eine halbe Stunde nach Mitternacht saß ich auf seinem Schoß, dann trug er mich ins Bett, und um fünf Uhr morgens lagen wir noch immer wach und Haut an Haut. Leos Hand räuberte schon wieder zwischen den Nymphae, aber der *kleine Hügel* war betäubt von den Strapazen der Berührungen, sodass sich das Krönchen nach innen verzogen hatte. Zurück in den Bau.

Es begann ein samstäglicher Fick-Rhythmus, der den Sommer taktete. Unsere Sekrete vermischten sich, aber die Herzen schlugen träge weiter im Takt der Gleichgültigkeit. Die Hormone verharrten in einer Staustufe trotz gänzlich neuer Mundhöhlen-Experimente, die mich das Biotopische des Küssens entdecken ließen: den Genuss der Wässrigkeit beim Züngeln an Zungenbändchen und Zähnen, beim labialen Festsaugen der Zungen und beim Schlürfen von Speichel.

Da ich den Geruch und die Schmierigkeit von Kondomen noch nie hatte leiden können, entlud sich mein Liebhaber auf meinen Bauch, meinen Rücken, meine Brust. Und es wurde Oktober, als ich sagte: *Du kannst in mir kommen*, und sich mit diesem Losungswort das Neuropeptid Oxytocin in *mein* Hirn und *mein* Herz fräste. Leo hingegen blieb ein sachlicher Verwalter unserer Geschlechtstreffen.

Die Verbindlichkeiten zwischen Leo und mir beschränkten sich auf Wochenendausflüge. Dann lagen wir zum Beispiel auf einer Streuobstwiese im Hohen Fläming, wo weit oben unter einem Zirruswolkenhimmel ein roter Doppeldecker seine Bahn zog. Sommer, Himmel, Flugzeug hätten ein Dreigestirn des Glücks bilden sollen, stattdessen erinnerten sie mich nur an den Mangel. An den Mangel und an den Zweifel. Und an das Schweigen.

Und ich fragte ja nicht nach, was es mit dem Brief auf sich hatte, der kürzlich unter einem Stapel von Zeitschriften und Büchern hervorgelugt hatte, deutlich leserlich die Anrede «Lieber Leo, mein Bett...», die Fortsetzung verdeckt, vielleicht im eiligen Versuch, zu verbergen, was doch zutage lag. Der Gang ins Allerheiligste, Leos Arbeitszimmer, war außerplanmäßig zustande gekommen. Leo, der Rechthaber, wollte mir beweisen, dass ich mit irgendeiner Annahme irrte, also sprang er vom Tisch auf, eilte ins Arbeitszimmer zum Lexikon und konnte mir den Zutritt kaum mehr verwehren, da ich, von Neugierde getrieben, ihm dicht gefolgt war. Er hatte einen Vorsprung von zwei Sekunden, aber meine Ahnungen ließen mich immer schon viel näher sein. «Lieber Leo, mein Bett ist so leer ohne dich...», oder «Lieber Leo, mein Bett riecht noch nach dir...» Konnte es so bodenlos banal sein?

Hatte der Brief, der ohne Zweifel von einer Frauenhand verfasst war, etwas mit der seltsamen Aktion zu tun, als kürzlich morgens das Telefon geklingelt hatte, Leo kurz und leise etwas gesagt hatte, dann entschlossen zu seiner Kommode geschritten war, ein schwarzes T-Shirt herausgeholt hatte, damit aus dem Zimmer, aus der Wohnung ein paar Stockwerke tiefer gerannt war und innerhalb weniger Minuten wieder da gewesen war, ohne T-Shirt und ohne Erklärung. Das alles hatte sich vor meinen ratlosen Blicken abgespielt, denen Leo entgangen war, indem er zunächst schweigend, dann melodiös pfeifend, das Frühstück zubereitete hatte.

Ich kroch aus dem Bett, und als ich nach dem Duschen am Frühstückstisch saß, wortlos, eine gekränkte Reaktion wie einen Kloß im Hals, aber mutlos, einsam, traurig, schleuderte Leo die unwahrscheinlichste aller Lügen in den tauben Morgen: «Eine Nachbarin muss ins Krankenhaus und hat kein Nachthemd.» Ich hielt inne, nickte benommen und suchte die Wahrheit mit den Blicken am Frühstücksinventar ab. Omelette, Baguette, Kaffee, aber wieso hat eine Frau kein Nachthemd? Und warum muss sie ins Krankenhaus? Und wenn es etwas Akutes ist, sollte er ihr dann nicht helfen? Und falls es ein geplanter Eingriff ist, warum kauft sie sich dann vorher kein Nachthemd? Und warum bringt er ihr ein schwarzes T-Shirt, obwohl doch ein weißes viel mehr Optimismus signalisieren würde? Mir schoss die Angst wie ein Projektil in den Magen. Ich erinnerte mich: Wenn es auf Klassenfahrt ging, bat ich Mama immer um eines ihrer Halstücher, damit ich nachts im fernen Doppelstockbett in irgendeinem sozialistischen Landschulheim die mütterliche Vertrautheit riechen konnte. Heimweh. Sehnsucht.

Liebten Leo und die Nachbarin sich so sehr, wie ich Mama liebte, als ich ein Kind gewesen war? Liebe und Leo war allerdings nicht mehr als eine hübsche Alliteration. Ich diagnostizierte *Herzineffizienz*. Er lachte.

Er war unerbittlich wie ein Feldherr und charmant

wie ein Landstreicher. Er war so klug, er war so stark, er war so viel vollkommener als ich. Das war Leo. Und noch viel mehr.

3.

Die Zeit verstrich, zäh, dumpf, bleiern. Ich kam morgens nicht aus dem Bett und fand nachts nicht in den Schlaf. Dazwischen krümmte ich mich auf dem Bett vor Seelenelend und versuchte, mittels Atemübungen zu überleben. Statt Verliebtheit rumorte die Qual der Ungewissheit, ob nach dem letzten Fick jemals wieder ein Anruf folgen würde, der die erlösende Aussicht auf einen weiteren Coitus Infernale bot.

Anfassen.

So nannten wir das. Sogar augenzwinkernd.

Welche imaginierten Frauenkörper auch immer seine Orgasmen befeuerten, meine hilflosen Tumulte der Lust galten ganz und gar ihm. Leo ließ mich in seiner Umlaufbahn kreisen, und wie bei Gestirnen verringerte sich nie der Abstand. Wir kamen uns nicht näher als bis zu unseren Häuten.

Aber ich weiß nicht mehr den Tag, an dem es umschlug, an dem ich erstmals die Angst verspürte, die man verspürt, weil man sich nie sicher sein kann, ob der geliebte Mensch noch am Leben ist, wenn man an ihn denkt.

Manchmal schrieb er Mails, in denen er versuchte, mich vom Projekt des Liebesverzichts bei maximaler Lustausbeute zu überzeugen. Wir hätten doch so viel mehr als all die armseligen Kopulationskombinationen, die sich dem totalitären Diktat der Familiengründung beugten. Ich atmete tief ein und stockend aus und verzweifelte an der Angst, er könnte vielleicht recht haben.

Immer, wenn meine Qual so groß war, dass Ernüchterung (auch das ein Überlebensreflex) eintrat und ich Trennungsszenarios durchspielte, klingelte das Telefon, und seine heitere Stimme lud mich zum Essen ein, zu Landpartien und zu Gesprächen. Und immer, wenn wir beim Essen waren, auf Landpartien und bei Gesprächen und ich vor Fröhlichkeit fast übermütig wurde, maßregelte mich Leo: Man müsse seine Illusionen klein halten.

Leos Grausamkeiten waren aber nicht immer subtiler Natur. Hin und wieder gerieten ihm seine Belehrungen außer Kontrolle, und statt eines strengen Wortes war es dann z. B. die Pinne eines Segelbootes, die mir Verletzungen zufügte.

Wenn Leo irgendwo auftauchte, war es immer wie der Einzug eines Königs. Zwar wie der eines halbwegs gütigen, beinah väterlichen Königs, doch stets mit einer Herrschaftsgeste, die bekundete: Ich mag euch alle. Aber am meisten mag ich euch, wenn ihr an meinen Lippen klebt. So wurde auch das friesländische Pfingstsegeln 2004 zu einer Demonstration seiner testosteronalen Gefallsucht.

Ich saß im Outdoor-Outfit von Tchibo und mit zwei Unterrichtsstunden Uni-Hochschulsport-Segelerfahrung in einer Gaffel-betuchten Vier-Mann-Jolle, als mich unser Flottenadmiral Leo an die Pinne ließ. Ich war sicher kein Naturtalent. Ich war vielleicht sogar besonders ungeschickt. Mir fehlte das Gespür für die korrekte Stellung der Segel zum Wind, ich hatte ja (noch) keine Ahnung von Anluven und Abfallen, killenden Segeln, Leegierigkeit, und überhaupt schien der verdammte Verklicker durchzudrehen. Aber mein nautisches Totalversagen war eine einzige Kapitulation vor der fürchterlichen Autorität Leos. Tags zuvor hatte er einer Mitseglerin geduldig die Manöver erklärt, aber mich ließ er nun alleine kämpfen, seinen Blick streng auf mich gerichtet, ein paarmal wortlos kopfschüttelnd.

Die Böen trieben immer unbarmherziger in die Segel, und unser Boot somit in eine abenteuerliche Krängung. Es war kein Steuern mehr, sondern ein hilfloses Fuchteln, als Leo mir die Pinne aus den Händen riss, über mein linkes, nacktes Knie hinweg. Der Schmerz war kurz und hart, das Blut trat augenblicklich aus der länglichen Hautspalte, die irgendetwas hineingefurcht haben musste. Das Boot zog augenblicklich wieder gleichmäßig übers Wasser, und offenkundig war meine Verletzung unspektakulär genug, um keine Wundversorgungspanik aufkommen zu lassen. Der Rest der Mannschaft befand sich bereits wieder in saumseliger Segelstimmung, und ich litt wütend in mich hinein. In meinen Augen lagen jedoch ein zorniger Vorwurf und die Hoffnung auf eine Entschuldigung, in Leos Augen hingegen schiere Verzweiflung über so viel menschliches Unvermögen: Was man nicht in zwei Segelstunden lernt, muss man doch im Blut haben! Er war es schließlich, der hier seit Jahren Pfingsten für Pfingsten ohne jegliche Segel-Ausbildung seine Schäfchen sicher über friesländische Gewässer steuerte. Ganz zu Beginn ein paar Handgriffe von den Jungs abgeschaut, und seither der beliebteste Kapitän der Mannschaft: Alles drängt immer auf sein Boot!

Es war ein Stück eines abgebrochenen, rostigen Metallstifts unterhalb der Pinne, der mir das Knie aufgeritzt hatte.

Das war Leo-Narbe Nummer eins.

Nummer zwei zog ich mir zu, als ich mit einem seiner monströs geschärften Messer unter seiner rigorosen Aufsicht einen Kürbis schnitt, vor Nervosität abrutschte und mir dabei den Knochen des linken Zeigefingers freilegte. Nummer drei ist ein kleines, kaum sichtbares Heilungs-Überbleibsel eines Herpes labialis, dessen Ausbruch der ängstlichen Erwartung eines gemeinsamen Schweden-Urlaubs vorausging. Aber da war bereits alles zu spät.

Doch so weit war es noch nicht. Noch konnte ich seine Totalausfälle mitunter keck parieren, sodass er mir bescheinigte, ich trüge meine Pfiffigkeit wie eine Monstranz vor mir her. Der übermächtige Lieblosigkeitskummer machte aus mir eine Spötterin, die Leos Hoffart oftmals noch übertrumpfte. Ich verurteilte alles und jeden zu Boden, der nicht von Leos geistigem Strahlenglanz erleuchtet wurde, und manövrierte mich damit in seelische Finsternis. Selbst Leo beobachtete diese Entwicklung mit Sorge, sodass er mitunter gegen mein sardonisches Wüten einschreiten musste, indem er mich mit kleinen zärtlichen Gesten in die Gefilde der Sanftmut zurückholte. Er wusste nur zu gut, dass mein bitteres Gelächter Ausdruck eines Schmerzes war, den er mit verursacht hatte.

«Ich weiß, dass ich dir nicht genügen kann», sagte er und streichelte meine Brüste, «aber ich bin nicht der Mann für dich.» Und in meine Tränen hinein ahnte Leo: «Du wirst mich verlassen wie einen räudigen Hund, und das wird ein trauriger Tag für mich werden.»

4.

Wenn ich schon nicht die Liebe seines Lebens war, so war ich doch immerhin Leos liebste DDR-Zeitzeugin. Ich erzählte ihm zum Beispiel, dass das mit den Schulfüllern eine Katastrophe gewesen war. Ich erinnerte mich an Blutbäder aus Tinte. In den Federmäppchen gab es kleine Stoffheftchen, an denen man die unaufhörlich tropfende Füllerfeder stillen konnte. Bereits an meinem ersten Schultag war das Heftchen blau durchtränkt. Tintenkiller gab es nicht. Und außerdem waren sie verboten.

In der Fibel gab es weiter hinten für das fortgeschrittene Stadium der Alphabetisierung eine Geschichte über einen Bleistift Juri Gagarins, der auf einem Kongress von Genossenhand zu Genossenhand gewandert und mit jedem niedergeschriebenen kyrillischen Wort ein Stückchen kürzer geworden war. Hinter dieser brüderschaftlichen Pathosgeste dämmerte eine Melancholie des Verschwindens, die mein junges Herz ein wenig angriff. Ebenso wie das Lied vom Kleinen Trompeter, der seinen Kameraden so viel Freude bereitet hatte, bis ihm eine feindliche Kugel sein *lustiges Rotgardistenblut* aus dem Körper trieb.

Einmal sollten wir Bilder für Nelson Mandela malen, um den geschundenen Freiheitskämpfer ein wenig aufzuheitern. Wie die meisten Kinder malte auch ich einen schwarzen Mann, der aussah wie Jim Knopf und traurig durch ein Gitter guckte. Unsere Klassenlehrerin aber hielt die Bilder vor der Klasse hoch und ermahnte uns, dass solche Darstellungen den armen Inhaftierten nur zusätzlich bekümmern würden. Wir sollten doch bitte etwas Fröhlicheres malen! Mandela musste nun Trost in unseren Elefanten mit ihren verunglückten Rüsseln finden.

«Warst du auch so ein kleiner, süßer Pionier?», fragte Leo und kitzelte meinen Bauch. «Ja. Meine Eltern hatten daran allerdings mehr Spaß als ich.» Und ich erzählte vom Tag meiner feierlichen Aufnahme in den Völkerfreundschaftsbund.

Stolz streckte ich meinen Eltern den folienglänzenden babyblauen Pionierausweis entgegen. Mama sagte abschätzig: «Toll», und Papa hatte einen seiner seltenen spöttischen Momente, als er meinte, ich solle mir an der Flamme des Pionierabzeichens nicht die Fingerchen verbrennen. Mama riss mir den Pionierausweis aus der Kinderhand, und ausgerechnet im Zeichen des Jungpioniers verbündeten sich meine Eltern für einen Augenblick.

Mama zitierte, nein, sie skandierte die 10 Gebote: «Wir Jungpioniere lieben unsere Deutsche Demokratische Republik Wir Jungpioniere lieben unsere Eltern Wir Jungpioniere lieben den Frieden Wir Jungpioniere halten Freundschaft mit den Kindern der Sowjetunion und aller Länder Wir Jungpioniere lernen fleißig, sind ordentlich und diszipliniert Wir Jungpioniere achten alle arbeitenden Menschen und helfen überall tüchtig mit Wir Jungpioniere sind gute Freunde und helfen einander Wir Jungpioniere singen und tanzen, spielen und basteln gern Wir Jungpioniere treiben Sport und halten unseren Körper sauber und gesund Wir Jungpioniere tragen mit Stolz unser blaues Halstuch.»

Bei diesem Gebot sah sie mich prüfend an und rückte mein kleines blaues Halstuch streng zurecht, das etwas schief an meinem schmalen Hals hing, weil es verrutscht war, als ich vor lauter fröhlicher Aufregung den ganzen Weg von der Bushaltestelle nach Hause gerannt war. Papa stellte sich wie ein Prediger vor mich und beendete die Litanei: «Wir bereiten uns darauf vor, gute Thälmannpioniere zu werden.» Meine Eltern prusteten los, als hätten sie wer weiß was ausgeheckt. Ich stand mit gerunzelter Stirn, schnaufend vor ihnen, der kleine Brustkorb bebte vor lauter kindlichem Zorn, und das blaue Halstuch hob und senkte sich zitternd auf und ab.

Es war Oma, die dem lästerlichen Gerede meiner Eltern Einhalt gebot und rief: «Ihr seid unmöglich. Jetzt lasst dem Kind doch seine Freude!» Sie nahm mich an die Hand und sagte: «Komm, wir betrinken uns zur Feier des Tages jetzt ordentlich mit Kinderbowle.»

Ich wurde also Jungpionierin. Aber ausgerechnet an den Pioniernachmittagen hatten meine Eltern wichtige Arzttermine vereinbart. Das Kind schläft schlecht. Das Kind atmet komisch. Das Kind hat Brustschmerzen. Mein kleines, blaues Halstuch blieb unberührt zusammengefaltet, Ecke auf Ecke, in der Kommode, wo es noch heute liegt.

Das waren so Dinge, die ich Leo erzählen konnte. Dann gab es Dinge, die blieben stummer inwendiger Text.

5.

Über mein Studium gibt es nicht mehr zu sagen, als dass ich hinging. Von den vierzehn Semestern fielen zehn Leo zum Opfer. Statt die Kopienzentner zu lesen, statt den Anstreichungen in den Werken der Poststrukturalisten Gedanken folgen zu lassen, statt überhaupt irgendeinen Ehrgeiz zu entwickeln, saß ich wie ein angeschossenes Häschen ängstlich bangend in meinem Neuköllner-1-Zimmer-Verließ und versorgte notdürftig meine Wunden. Wenn es sehr schlimm wurde, flüchteten die Buchstaben vor mir. Sobald ich einen Satz lesen wollte, war er schon verschwunden. Am Ende saß ich vor einem leeren Blatt, und der Kalender drohte, dass erneut ein halbes Jahr vergangen war, ohne dass ich über die Einleitung meiner Hausarbeit hinausgekommen wäre.

Einzig in den wenigen guten Momenten (also wenn Leo Anzeichen von ernster Zuneigung zeigte), wurde das Studium zu mehr als bloßem melancholischen Schweifen im Zitatenfundus meiner Jugend. Dann habe ich Sätze wie *Dieses Horn, das man Ohrmuschel (papillon) nennt, ist für die malischen Dogon und Bambaras ein männliches Glied – und der Gehörgang eine Vagina. Das gesprochene Wort ist das zur Befruchtung unerlässliche Sperma* mit dem Textmarker zum Leuchten gebracht, so wie mich der Satz zum Leuchten brachte, denn es waren so gut wie Leos Worte.

Aber wenn Leo mich nach einem gemeinsamen Wochenende an der zugefrorenen Ostsee spätabends vor meinem Kerker der Einsamkeit mit einem stummen Kuss ablieferte, dann wurden mir das Denken zur Marter, das Atmen zur Qual und die Tage und Nächte ununterscheidbar finster.

Ich schleppte mich zur Universität und heuchelte Interesse an mittelhochdeutscher Grammatik, dem jüdischen Arbeiterbund und vor allem an meinen Kommilitonen.

Der Einzige, den ich aufrichtige mochte, war Gisbert Fanselow. Er hatte die Statur eines Grizzlys und das Gemüt eines Teddybären – zumindest schien es so. Auf unseren Spaziergängen durch Park Sanssouci, den nächtelangen Gesprächen bei unserem Italiener in der Oranienburger Straße oder während unserer Plünderungen der Buchläden am Savignyplatz entpuppte sich Gisbert als samtener Zyniker und sentimentaler Misanthrop. Nur weniges hatte vor seinem Urteil Bestand, eigentlich nur Tschaikowski, Tarkowski, Proust und ich.

Gisbert lebte angeblich seit Jahren mit seiner Freundin zusammen, die ich allerdings nie zu Gesicht bekam. Sie muss in den Wintersemestern 2003-2005 oft allein gewesen sein. Denn das war die große Zeit unserer Schwermutsexzesse. Wir trafen uns vormittags im Seminar am Neuen Palais, schlenderten anschließend durch den Park zum Bahnhof, fuhren mit dem Regionalexpress nach Berlin und vertrieben uns die Zeit bis nach Mitternacht ohne jedwede Berührung. Ich habe ihn geliebt, den Freund, und gehasst dafür, dass er nicht Leo war. Und seine eigene Leidensfähigkeit war bemerkenswert.

So erschien er zu meinem 25. Geburtstag, den Leo für mich in seiner Wohnung ausrichtete. Es war keine maßlose Party, dazu fehlten mir die Freunde und der Wille. Also saß ich umgeben von sieben Bekannten am gläsernen Esstisch in Leos Wohnzimmer und war so angespannt, dass ich Wortfindungsstörungen hatte. Leo servierte einen fantastischen Gang nach dem anderen. Unsere Gäste lobten fortwährend den Schmackofatz, aber in dieser Atmosphäre der lukullischen Perfektion wollte keine Gelassenheit aufkommen. Leos Präsenz, die oft genug auf andere erdrückend wirkte, zusammen mit seiner manischen Koch-Akribie – das machte meine Freunde zu stummen Untergebenen. Und ich war die Schlimmste von ihnen. Ich kauerte vor meinem perfekt dekorierten Teller und litt unter Leos Strenge, die über mich gekommen war, als ich mit halbstündiger Verspätung bei ihm eintraf. Leo maßregelte mich innstettenmäßig und hatte fortan keine zärtliche Geste mehr für mich übrig. Es gab noch einiges zu erledigen, Tischtücher bügeln, Tafel decken, gute Laune bekommen. Die ersten beiden Dinge schaffte ich. Und nun musste ich fürchten, dass mir inmitten meiner wenigen Freunde die Tränen, die bereits in den Augen suppten, noch über den Lidrand brachen. Mit jeder entleerten Flasche Wein lockerten sich jedoch die Korsagen der Förmlichkeit, und die Runde begann, zu plaudern, zu flirten und zu scherzen. Als Leo nach dem Dessert noch eine Käseplatte und eine Flasche fünfzehn Jahre alten Laphroaig auf den Tisch stellte, wurde es beinah ausgelassen.

Doch als Lia mich nun nach dem Geburtstagsstrauß von Leo fragte, schossen mir die Tränen in die Augen. Kein Strauß, niemals. Dann und wann zweigte er im Sommer ein überzähliges Röschen von seinen Rosenstöcken. Aber ein Geburtstagsstrauß hätte vermutlich die Ordnung der Unverbindlichkeit aus den Fugen gebracht.

Und noch ein anderer muss an diesem Abend gelitten haben: Gisbert. Er sah sein Rehkitz in den Klauen eines Bären zappeln und hatte keine Munition, um beide zu töten. Dieser Geburtstag war auch eines der letzten Male, die wir uns gesehen haben. Alles ließ nach in dieser Zeit.

Irgendwann hieß es, er habe sich von seiner Freundin getrennt und geheiratet. Ich weiß nicht, wen und warum.

6.

Solange ich mich in Leos Gefangenschaft befand, war ich unverführbar. Zwar beherrschte ich die Kunst des absichtslosen Schäkerns, insgeheim jedoch untersuchte ich die Konkurrenten auf Leo-Ähnlichkeit. Aber kein Mann war so teuflisch begabt, sie alle waren nur menschlich. Leo würde sagen durchschnittlich. Ein einziges Mal aber wollte ich es wissen.

Anselm Bruch, Dozent für Neuere deutsche Literatur, tat jedenfalls sein Bestes. Ein Semester zunächst zufälliger, dann gesuchter Blickkontakte verrann, ohne dass wir auch nur ein persönliches Wort gewechselt hätten. Er dozierte – wenig bemüht um eine glanzvolle Performance, mit einem Hang zum Launischen – meist zusammenhangslos über Gott oder die Welt, aber selten zum Thema.

Einmal referierte ich über *Die gebrechliche Einrichtung der Welt* Heinrich von Kleists, verteidigte den Kohlhaas'schen Weltenbrand und bedauerte, dass er den *Saal*, in welchem er seine geliebte Lisbeth zur letzten Ruhe bettete, nur in *schwarzen Stoff* hatte ausschlagen lassen und nicht etwa mit rotem Samt. Anselm Bruch zog erschrocken die Augenbrauen hoch. Obligatorisches Fingergetrommel der Oberseminaristen. Am Ende der Sitzung hatten es Anselm Bruch und ich nicht sehr eilig, den Raum zu verlassen. Wir Zurückgelassenen probten die Annäherung. Leiser als üblich setzten die Worte ein. «Sie haben das ausgezeichnet gemacht. Ein bisschen abwegig, aber gut», lobte er. «Es war wohl mehr Unterhaltung als Aufklärung», sagte ich. Er lachte kurz auf, nahm sich aber sofort zurück und fügte hinzu: «Das ist die beste Motivation.»

«Ich weiß nicht», sagte ich. «Eigentlich schätze ich den Ernst der Dinge.» Ich fürchtete, jetzt etwas zu Grundsätzliches gesagt zu haben. Doch er antwortete leise: «Das gefällt mir. Leider habe ich gleich Vorlesung. Aber wenn Sie möchten, kommen Sie doch bitte in meine Sprechstunde, um die Hausarbeit zu besprechen.» Wir verabschiedeten uns noch schüchterner, als wir das Gespräch begonnen hatten. Ich sah ihm nach und entschied, dass er gut aussah. Das macht die Sache einfacher, dachte ich.

Etwas verspätet trat ich drei Tage später vor die Tür zum Büro von Dr. Anselm Bruch. Auf der Sprechstundenliste erkannte ich, dass ich die Letzte an diesem Tag war. Plötzlich wusste ich *alles*: Es beginnt jetzt und endet irgendwann. Ich werde ihn ja nicht heiraten. Wir werden verlegen sein, dann zärtlich und später frivol, wir werden uns aus unseren Leben erzählen, unsere Literaturgespräche lustvoll von den Höhen des akademischen Diskurses in die Niederungen der Selbstironie führen, wir werden versuchen, nicht allzu ernst zu sein. Plötzlich, vor dieser Tür, kurz vor dem Eintreten saugte sich ein Gedanke fest und brachte die Gewissheiten wie ein plötzlicher Schuss durcheinander: Da es keine Liebe ist, wird alles sehr bemüht sein! Es wird ein einziger Krampf. Affären sind die krampfigsten Beziehungen überhaupt. Ständig ist man versucht, ein bisschen besser zu sein, als man ist. Schöner, klüger, lustvoller. Eigentlich ist eine Affäre ein nicht enden wollendes Vorstellungsgespräch. Mit gelegentlichem

Austausch von Körperflüssigkeiten. Alles verlor in diesem Augenblick seinen Reiz.

Egal, motivierte ich mich, es gibt ohnehin nur ein einziges absolutes Ausschlusskriterium: den Geruch. Der Geruch des anderen ist unhintergehbar. Konnte ich den Dozenten gut riechen? Ich wusste es noch nicht, glaubte aber, einen Hauch *Davidoff Cool Water* zu erahnen, zu erhoffen. Und für einen Mann hatte er ein auffallend hübsches Gesicht und schöne Hände. Vielleicht einen Zug zu pianistenhaft. Aber da es kein primäres Begehren gab, waren ansehnliches Gesicht und Hände immerhin ein Vorteil.

Ein letzter Blick in den Handspiegel. Ich sah ein wenig mitgenommen aus. Es half nichts, ich krümmte meinen Zeigefinger und schlug gegen die Tür. Ich hatte ein «Herein» erwartet, einen Moment der Verzögerung, stattdessen stand der Dozent nach einer Sekunde selbst im Türrahmen. Er wollte mich begrüßen und erschreckte mich doch nur. Die kurze Zuckung und die unerwartete körperliche Nähe beschämten mich. Auch Anselm Bruch war verlegen. Vermutlich hatte er mich nicht mit einem allzu erwartungsvollen Gesicht am Schreibtisch empfangen wollen und war deshalb an die Tür gekommen. Genau genommen war er schon zehn Minuten lang hinter der Tür nervös auf und abgeschritten, wie er später beichtete.

Nur zögerlich wichen die Anfangspeinlichkeiten. Zusätzlich wurde ich von einem Unbehagen gequält. Inmitten des gelehrten Unrates auf dem Schreibtisch konnte ich ein Fläschchen Likör ausmachen, dessen bläulicher Inhalt längst verblichen war. Das Etikett hatte jemand mit der Aufschrift *Prost und toi toi toi!* überklebt. Mein Widerwille richtete sich jetzt gegen das ganze verrauchte Zimmer: Er hätte das Fläschchen längst entsorgen sollen, und all den anderen Plunder inmitten von zerschlissenen Büchern, überholten Lexika und angegilbten Tageszeitungen. Mein unbezähmbares Teufelchen Arroganz brandschatzte so heftig, dass ich fühlte, wie ich errötete. Der Dozent hingegen saß mir mit freundlicher Miene gegenüber, lobte wiederholt mein Referat und dachte womöglich gar nicht an Heirat, Frivolität und Selbstironie. Er hatte offenkundig anderes vor.

«Wissen Sie, was, ich werde Ihnen etwas verraten. Aber Sie müssen mir versprechen, es für sich und Ihren klugen Kopf zu behalten», ermahnte mich Anselm Bruch. Ich quittierte es mit einem versöhnlichen Lächeln. «Neulich während Ihres Referats habe ich mich sehr erschreckt, als Sie von dem schwarz ausgeschlagenen Saal sprachen, in dem Kohlhaas seine Lisbeth bettete. *Saal*. Ich habe den Kohlhaas vor mehr als dreißig Jahren zum ersten Mal gelesen und seither immer wieder. Eigentlich vergeht kaum ein Semester, indem ich nicht wenigstens in ihm blättere. Ich habe drei Aufsätze zu ihm publiziert und immer wieder aus ihm rezitiert. Und dann kommen Sie, und ich höre aus Ihrem Mund, dass es sich um einen *Saal* handelt. Ich habe mein Leben lang *Sarg* gelesen.» Anselm Bruch machte eine Pause. Dann fuhr der Professor fort: «Darf ich Sie am Wochenende zu einer Landpartie an die Ufer der Havel einladen? Wir könnten auf den Spuren Kleists wandeln und die Landschaft genießen. Damit wieder Farbe in Ihr hübsches Gesicht kommt.»

Anselm Bruch fuhr einen Saab 9-5-Sport-Combi. Typisch, dachte ich. Ich hatte unterdessen meine Seelenapparatur auf mittlere Leuchtkraft hochfahren können und mit der Charme-Vollfunktion verschaltet. So kokettierte ich nun mit meinem Halbwissen über Motoren, Kraftstoffverbrauch, Ausstattungsfeatures, Lackpaletten und Drehmomente. Anselm Bruch war belustigt, zuweilen erstaunt, fragte aber nicht nach den Quellen und korrigierte auch keine fachlichen Irrtümer, die sich zweifelsohne eingeschlichen haben mussten, denn Leo hätte mich bereits zum zehnten Mal unterbrochen und berichtigt.

Wir fuhren nach Caputh am Templiner See. Ein Steg führte ins Gewässer. Darüber lag der Februardunst wie ein farbloses Tuch. So standen wir beieinander, und jeder schaute für sich. Gleichmütig zogen Wolkenflocken über den Himmel hinweg. Er schloss sich meinen Blicken wolkenwärts an und spürte wohl, dass jeglicher Kommentar fehl am Platze war. Und ich spürte, dass ich diejenige war, die das erlösende Wort sprechen musste. Ich sagte: «Cirrocumulus.»

Zu Mittag aßen wir Forelle und tranken Weißwein in einem kleinen Restaurant am See. Seine Rede gewann jetzt an Witz, die Pointen saßen, seine Augen glänzten. Ich entlohnte diesen Triumph mit Zuneigung und einer warmherzigen Plauderei über meine Kindheit. Immer wieder mussten wir schmunzeln, genierten uns ein wenig und lachten auch darüber. Später gingen wir noch einmal zum Steg zurück. Meine stille Wetter-Prognose war eingetroffen. Leo!, dachte ich.

Eine Woche später lag ich auf dem Teppich in der Wohnung des Dozenten, halb nackt und nur mäßig erregt. Ganz im Gegenteil zum Teppichbesitzer, der sich mühsam atmend entlud, bevor es überhaupt losging. Er entschuldigte sich, ich tat mitfühlend.

Ich kroch in Leos Bett zurück wie in einen Bau. In Leos Gegenwart zu sein, verlor nichts von der eigentümlichen Befremdlichkeit, wie wenn man den geliebten Menschen den eigenen Namen rufen hört. Man kennt beides, den Menschen und den Namen, und doch ist es zusammen *unfassbar*.

7.

«Ich habe mal einen Mann namens Jan Pajak gekannt.»

«Wie bitte?» Leo stellte die Dunstabzugshaube leiser.

«Ich habe ihn heute wiedergesehen», sagte ich, teilnahmslos vor mich hin starrend, als müsste ich die Details eines furchtbaren Verbrechens zu Protokoll geben.

«Wen hast du heute wiedergesehen?»

«Jan Pajak.» Ich meißelte den Namen in die Luft wie ein finales Argument. Ich brachte den Namen in Stellung. Leo ging gleich zur Verteidigung über. «Oho, Jan wie? Pajak? Dunkel raunender Name aus dunkel raunender Vergangenheit.» Nun suchte ich doch Deckung. Fast hätte ich ihm entgegengeschleudert, dass Jan Pajak erst der Liebhaber meiner Mutter gewesen war, dann meiner, und zwischendurch vielleicht ein Mädchen umgebracht hatte. Stattdessen sah ich auf meine lackierten Fingernägel und sagte seelenruhig: «Eine alte Geschichte. Aber ich habe das Gefühl, mein Leben nicht leben zu können, wenn ich das nicht endlich aufkläre. Was damals gewesen ist, und was davor.»

«Aha, hast du also mal wieder einen Grund gefunden, warum du dein Leben nicht leben kannst. Vielleicht möchtest du dich erinnern, letzte Woche war ich noch schuld.»

«Und die Woche davor mein prämenstruelles Syndrom und die Woche davor das Wetter», sagte ich belustigt, als würden wir ein kindisches Überbietungsspiel veranstalten.

«Genau, und vergiss nicht deine niedere Geburt.» Er führte den Löffel zu seinen schönen Lippen und kostete den Fischsud.

«Vielleicht werde ich dich verlassen müssen.»

«Was?» Er lachte auf. Und wurde plötzlich stumm. Da stand er, mein Geliebter, fassungslos für einen Herzschlag. Alles, alles drängte sich in diese Sekunde, alles, was ich immer hatte sehen wollen, sah ich: Er war erschrocken, verletzt, er hatte Angst, mich zu verlieren. In Gedanken stand ich schon auf, um ihn zu umarmen, zu trösten und gemeinsam mit ihm den Verlust unserer Zweisamkeit zu beweinen. Den Verlust all der wunderbaren Kleinigkeiten, die wir teilten, weil wir keine Liebe hatten.

Doch noch, ehe ich mich aus unserer fantasierten Umarmung gelöst hatte, schluchzend und Tränen trocknend, sagte Leo gefasst: «Ich habe es immer gewusst, dass dieser Tag kommen würde. Ich hatte es bereits gesagt, es ist traurig. Aber deswegen muss das schöne Essen nicht kalt werden.» Er richtete die maritimen Köstlichkeiten auf den Tellern an und balancierte sie zum Esstisch im Wohnzimmer. Ich trottete hinter ihm her und stieß ihm ein Messer in den Rücken. Innerlich.

Doch diese Kränkungen wirkten nicht mehr lange nach. Sie hatten bereits etwas Nostalgisches. Leo wurde Vergangenheit an dem Tag, als Jan Zukunft wurde. All die Fragen, die ich an Leo hatte, waren plötzlich ausgelöscht. Mich interessierten nur noch drei Dinge: Warum nur hatte Jan damals das Mädchen, das ich war, verlassen? Und warum nur hatte er vorher schon meine Mama verlassen? Und vor allem: Wo war er?

Ich würde ihn von nun an suchen. Doch wie findet man einen Menschen? – Indem man zum Ausgangspunkt zurückgeht, dorthin, wo man ihn verloren hat. Ich telefonierte: «Am Wochenende komme ich nach Hause, Mama.»

8.

Es war der 31. Juli 2009, als ich nach langer Zeit zurückkehrte. Ich hatte das Datum nicht vergessen, natürlich nicht. Und von nun an begannen die dunklen Zufallsfäden zusammenzulaufen. Als ich aus dem Bus ausstieg, der nach einer endlosen Tuckerei über die Nester unser Dorf erreichte, standen sie auf dem Anger. Stumm, noch immer, nach all den Jahren. Der Busfahrer schien sich mit seinem sperrigen Gefährt fehl am Platze zu fühlen und rollte still davon. Ich blieb vor der Bushaltestelle stehen und nickte den Trauernden kondolierend zu, Trauernde, die an kein Grab gehen konnten.

Es war die jährliche Prozession der Angehörigen, angeführt von den verwaisten Eltern, die wie immer ein kleines Transparent vor sich her trugen. Darauf stand mit Filzstift geschrieben: *Vor 16 Jahren verschwand unsere geliebte Lydia. Wir warten noch immer.* Die Familie umschritt mehrmals den Anger, und aus jedem Gassenarm kamen Leute, blieben stehen und bekundeten mit zaghaften Gesten ihre Anteilnahme. Ein stilles Tribunal. Eine seltsame Anordnung, die von oben wie der Aufriss einer Theaterbühne aussehen mochte, auf dem die Statisten regungslos um die Hauptdarsteller gruppiert waren. Dann war der Trauerzug in einer Gasse verschwunden, hier und da wurde noch getuschelt. Ich aber entzog mich, so wie ich mich all die Jahre über dieser Geschichte entzogen hatte.

Von der Bushaltestelle, vormals ein sperriger Betonverhau, inzwischen ein liebevoll gestaltetes Fachwerkkästchen, führten drei Wege zu meinem Eltern- und Großelternhaus. Ich trug meinen Rollkoffer, um keinen Lärm zu veranstalten, meine Absätze klackerten schon laut genug und kündeten von städtischem Besuch.

Ein Weg führte am Friedhof vorbei. Immer schon mochte ich das Miniaturhafte unseres Dorffriedhofs. Die Grabsteine, auf denen die Summe eines Lebens eingraviert war – Name, von bis, manchmal noch ein Sprüchlein, eine Rose oder ein Täubchen. Wie Küken sammelten sich die vielen Grabsteine um die Henne Kapelle herum. Als Kind habe ich neugierig durch das Schlüsselloch der kleinen Kapelle gespäht, in der gruseligen Erwartung, dort einen Toten aufgebahrt zu sehen. Stand dort tatsächlich ein hölzerner Sarg, bin ich für einen Augenblick zurückgezuckt und habe dann so lange hineingelinst, bis jeglicher Schrecken vorübergezogen war. Das war auch immer der Moment einer kleinen Enttäuschung. Wobei die Enttäuschung schon damit begann, dass da kein lebloser Leib offen lag, sondern schlicht ein Sarg, in den man sich den Toten hineindenken musste. Man sah fast nie einen Mann auf dem Friedhof, sie starben alle vor den Frauen.

Ein weiterer Weg führte durch die Kirchgasse, vorbei an der schönen Feldstein-Kirche, deren Sandsteingemäuer aus Zeiten stammte, in denen Weidehirten unser Dorf bevölkert hatten. Es war eine Saalkirche mit einem wuchtigen Turm und einer Turmuhr wie aus einem Kinderbuch. Der Wetterhahn zeigte nach Osten und bewachte somit ein Stück meines Weges.

Der dritte Weg führte durch die Grabegasse mit ihren bungalowartigen Häusern, wo Kunstblumen, Hirschzungen und Porzellanleoparden in den Panoramafenstern die Außenwelt abschirmten. Alle drei Wege vereinigten sich unterhalb des Angers, auf dem mein Elternhaus stand, und führten in eine Verjüngung, die «das Gässchen» genannt wurde. Zwei fensterlose Hauswände ragten dort himmelhoch hinauf und gaben nur einen kleinen Lichtschacht frei. Man war in einer Schlucht gefangen und blickte Hilfe suchend zu den vorbeijagenden Wolken empor. Man musste nur fünf Jahre alt und fantasiebegabt sein. Diesen Weg nahm ich. Im Gässchen hielt ich kurz inne und blickte nach oben. Wolkenlose Bläue. Wie immer gab es keine Antwort. Keine Zeichen. Ich fuhr mit den Fingerkuppen die Rillen im Kratzputz entlang und kam mir plötzlich blöd vor, weil ich diesen Moment unversehens mit so viel Pathos aufgeladen hatte. Ich brauchte jetzt keine Gesten. Ich hatte hier etwas vor. Ich war dabei, mein Leben und das meiner Angehörigen ins Chaos zu stürzen. Ich sollte nicht daran rühren, durchfuhr es mich. Doch ich fühlte einen unwiderstehlichen Drang, ähnlich dem kindlichen Bedürfnis, den Grind von der Sturzwunde zu kratzen. Manchmal blieben Narben zurück. Je näher ich meinem Elternhaus kam, umso stärker wurde die Beklemmung im Brustkorb. Als würde ein innerer Schraubstock immer weiter angezogen. Das Atmen fiel mir schwer. Es war kurz nach 12 Uhr mittags, kein Mensch war auf der Straße. Einige Katzen krochen von der Hitze niedergedrückt zu schattigeren Plätzen.

9.

Am Abend saß die Familie im Hof beim Grill. Papa kümmerte sich schweigend um die Thüringer Rostbratwürste, Mama nippte gedankenverloren an ihrem Weinglas, während Oma, Opa und die Zwillinge für Unterhaltung sorgten. Die Großeltern erzählten von der miserablen griechischen Küche, die sie unlängst auf Korfu hatten erleiden müssen. Das Frühstück im Hotel bestand aus einer Art Staubbrot und so etwas wie Butterersatz, dazu gab es ein Marmeladenimitat in Alubechern. Über Nescafé hinaus gab es keine Koffeinzufuhr, weshalb beide den ganzen Urlaub über auf Entzug waren und sich mit unverzollten Zigaretten den nötigen Kick verschaffen mussten. Beide lachten sie Tränen. Sie lebten in einem Paralleluniversum innerhalb dieses Hauses. Franz und Fritz spielten Krieg mit den Wasserpumpguns, die ich mitgebracht hatte. Und gemeinsam mit den Jungs veranstalteten die Schwalben unter dem Glasdach Atem raubende Jagden. Ich verfolgte das wilde Spiel meiner Brüder. Sie waren eineiig. Das machte sie mir von Anfang an ein wenig unheimlich. Als trenne sie dadurch etwas vom Rest der Familie, vielleicht vom Rest der Welt. Ich fragte mich, ob Mama Jan mitgeteilt hatte, dass sie am 24. Mai 1997 von den Zwillingen Franziskus und Friedrich entbunden worden war? Kannte sie damals den Ort seines verborgenen Exils? Kannte sie ihn heute? Mama war sehr gut im Verdrängen, aber sie war miserabel im Verbergen. Ich sah sie an. Er war wieder da.

«Du bist blass», hatte Mama am Mittag zur Begrüßung gesagt und mir einen Kuss auf die Wange gegeben. Vater stand in der Tür und sagte: «Annie», ich sagte «Papa», und wir schlossen uns kurz in die Arme. Die Großeltern kamen aus dem Drücken und Liebkosen gar nicht mehr heraus, und die Zwillinge ließen die Abknutscherei geduldig über sich ergehen, bevor sie mit der großen Woolworth-Geschenktüte abdampften.

Wie eine verlorene Tochter führten sie mich ins Haus und nahmen mich wieder auf in ihren Kreis. Ich aber kam als Spionin, die sie um ihre Gutmütigkeit betrog. Sie gaben mir alles, und ich war dabei, ihnen alles zu nehmen. Ich wurde nervös und atmete Stakkato. Großmutter strich mir besänftigend über den Rücken und sprach davon, dass das Leben nicht leicht sei. Unter ihren Bäuerinnenhänden wurde ich endlich ruhig und selig wie ein gut gestillter Säugling.

Am nächsten Tag erwachte ich in meiner alten Schlafkammer. Sie lag im Obergeschoss, direkt neben dem Aufgang zum Dachboden. Durch das winzig kleine Fenster kegelte Vormittagslicht. Der Sommerwind trieb sanfte Wellen in die ebenso winzig kleine Gardine. Ich lag unter einer dünnen Steppdecke und kämpfte noch den täglichen Kampf gegen die Versuchung, erneut in die Trance des Morgenschlummers zu fallen. Es gibt nichts Schöneres auf der Welt, als sich immer und immer wieder hinwegreißen zu lassen auf unentdeckte Pfade zwischen dem einen und dem anderen Leben. Schlafen ist Widerstand.

In meine Benommenheit hinein hörte ich vom Hof die fröhlichen Stimmen der Zwillinge, aus der Küche Geschirrgeklapper und vom Hausflur das Klackern des Bohnerbesens. Die Ortung dieser Geräusche versetzte mich in einen Rausch der Geborgenheit. Ich hüllte mich fest in die Decke ein, als wollte ich damit alles umschließen, was ich zu verlieren drohte. Ich schloss noch einmal die Augen, und als ich wieder erwachte, standen die Zwillinge am Fuße des Bettes und lachten, und ich fragte mich, ob wir denselben Vater hatten.

Mama wich mir aus. So viel war klar. Sie hatte am Abend kaum mit mir geredet und war wie weggezaubert, wenn ich in ihre Nähe kam. Nach dem Frühstück setzte ich mich zu ihr auf die Hofcouch, ein ausrangiertes grünes Relikt sozialistischer Wohnraumästhetik, und versuchte, unverkrampft zu wirken. Leider musste ich mich mehrfach räuspern und tief einatmen, worauf Mama fragte: «Nervös?»

Sie hatte die Augen geschlossen, der graue Lidschatten glitzerte wie Quarzstaub, eine Hand ruhte auf der Lehne, die andere kraulte Hermanns putziges Dackelköpfchen. Inzwischen hatte sich Justus zu meinen Füßen gesetzt und verlangte die gleichen Streicheleinheiten.

Ich wünschte mir so sehr, dass sie mich etwas ganz Gewöhnliches fragte, all das, was anderen immer so lästig war: wie es im Studium lief, ob ich nicht endlich einmal fertig werden würde, was ich danach zu tun gedachte, ob ich mir sicher war, dass Leo der richtige Mann für mich war. Dieses Mütter-Töchter-Frage-Antwort-Spiel, in dem auch ohne neurotisches Untergrundsummen immer ein Hauch Vorwurf und Gereiztheit lag. Meine Mutter aber fragte mich: «Warum bist du gekommen?»

Das war keine Frage, das war eine Drohung. Plötzlich schossen mir die Tränen in die Augen, meine Unterlippe begann zu beben, ich sah zu ihr hinüber. Was weißt du, Mama?, flehte ich stumm und führte ein innerliches Tribunal: Wo warst du eigentlich am Vorabend des 31. Juli 1993?

Zu Hause jedenfalls nicht, denn sonst hättest du gesehen, wie Papa, beide Hände um eine Flasche Nordhäuser Doppelkorn geklammert, am Tisch der Waschküche saß und schluchzte. Über den Hof zog sich eine Spur schmutziger Fußabtritte, die ich nur zu verfolgen brauchte, um zur Waschküche zu gelangen. Vor dem großen Fenster blieb ich stehen und sah meinen Vater, der im funzeligen Licht einer schwachen Glühbirne saß, geschunden, gebrochen und beschmutzt wie ein Kriegsheimkehrer. Er nahm einen großen Schluck von dem Klaren, stand auf und entkleidete sich. Er knöpfte das blau karierte Hemd auf, zog die Boots aus, die bis auf die Knöchel von noch feuchtem Schlamm verdreckt waren, die Jeans, den Slip. Er steckte die Klamotten in die Waschmaschine, stieg in die Badewanne und begann, sich zu duschen. Ich sah seinen schönen Körper. Sah, wie er ihn einseifte, Gesicht, Hals und Brust, Bauch und Schwanz, er rieb ihn mehrfach, er versteifte sich unter dem Schaum, dann zog er die Vorhaut zurück und ließ Wasser über die Eichel laufen. Tröpfchen für Tröpfchen versank die Waschküche in Dunst, mein Vater verschwand mehr und mehr, bald sah ich nur noch eine hautfarbene Silhouette, sah rhythmische Bewegungen des rechten Arms, sah ihn erzittern, hörte es, bis auch das ganz und gar verschluckt wurde von einer einzigen großen tropischen Wolke. Langsam, rückwärts auf Zehenspitzen entfernte ich mich.

Papa. Schwärze sickerte plötzlich in mein Bewusstsein, trübte meine Sehkraft für einen Moment und schoss dann als Fluchthormon in meine Muskulatur. Ich sprang von der Hofcouch auf, rannte durch den Hausflur die Treppe hinauf, den kleinen Flur entlang in meine Kammer, warf mich aufs Bett und heulte Rotz und Tränen, so quälerisch, bis es zu einem trockenen Weinen wurde, eines, das in den Augen und bald überall schmerzte. Wie ein Gummiband, das sich über die Jahre schleichend und unauffällig gedehnt hatte und nun losgelassen wurde, schnellte die Erinnerung mit Wucht zurück und peitschte gegen meinen Körper. Ich verkrampfte mich und drückte mein Gesicht immer tiefer in das Kopfkissen, bis ich kleine galaktische Pünktchen vor meinen gequetschten Augen sah. Als Kind habe ich oft so lange mit geschlossenen Augen in diese Finsternis geblickt, bis sich ein Raum öffnete, unendlich groß und schwarz, der nur das Universum sein konnte.

Doch nun musste ich zurück auf die Erde. Ich hatte einige Besuchsverpflichtungen, und am Nachmittag stand ein Kaffeetrinken bei Tante Hertha und Onkel Achim an.

10.

Zur Begrüßung überreichte ich Tante Hertha ein Alpenveilchen. Um das Alpenveilchen hatte es im Vorfeld einiges Gerangel gegeben. Ich durchstöberte das Haus auf der Suche nach einem Mitbringsel. «Ich kann doch nicht mit leeren Händen hingehen», sagte ich. Papa fand, das wäre genau die angemessene Reaktion auf den krankhaften Geiz Tante Herthas, und versuchte, mich mit zahlreichen Einwänden von meinem guten Benehmen abzubringen. Er erinnerte mich an die ausbleibenden Geburtstagswünsche von Tante Hertha, an den ausbleibenden Dank für Aufmerksamkeiten unsererseits, an die ausbleibende Anerkennung der Zwillinge. Man muss zur Ehrenrettung Tante Herthas sagen, dass sich ihr Geiz nur auf uns erstreckte. Ihren genetischen Neffen- und Nichten-Stamm «schiss sie mit Geschenken zu», wie sich Papa untypischerweise ausdrückte. «Nimm ihr doch ein Anti-Mundgeruch-Mittel mit», empfahl Mama. Oma verdrehte die Augen. Sie war die besonnene Unterhändlerin in einem kalten Familienfrieden.

Tante Hertha war um Dankbarkeit bemüht und blickte doch nur gehässig hinter ihren einmachglasdicken Brillengläsern hervor. Sie musterte mich, sagte aber nichts. Ich log, dass sie gut aussehe, und sie bemerkte die Lüge, ließ es sich aber nicht anmerken, was ich wiederum bemerkte, und so ging das eine Weile fort, bis Onkel Achim endlich die Treppe vom Obergeschoss herunterkam und sich einen Anflug von Freude verkniff. Also umarmten wir uns nur kurz und verlegen mit unterdrückter Herzlichkeit.

«Wo Enrico und Simone nur bleiben», motzte Tante Hertha, und im selben Augenblick klingelte es an der Tür. Enrico blickte mir bei der schüchternen Begrüßung nicht in die Augen und schaffte es, mich den ganzen Nachmittag über nicht ein einziges Mal anzusehen. Seine Simone hingegen war ein Ausbund an Offenherzigkeit, ein Wesenszug, der unter ihrer erheblichen Unattraktivität scheinbar nicht gelitten hatte. Ganz im Gegenteil schien diese ihr Selbstbewusstsein geradezu zu befeuern. Simone hatte aschiges, stumpfes Haar, das nie zu einer Frisur fand. Ihre langen, dürren Zehen steckten im Sommer stets in offenen, flachen Latschen. Sie war weltberühmt für ihr (aschiges) Achsel- und Beinhaar. Und auch sonst verzichtete sie auf alles, was ihre genetische Biederkeit ein wenig gepimpt hätte. Immerhin war sie in jedem Moment ihres ereignislosen Lebens gut gelaunt. Sie setzte sich am gedeckten Kaffeetisch gleich neben mich und plauderte in ihrem etwas tumben Dorfdialekt drauflos. Ich kann mich nicht mehr an Details erinnern, da ich ständig ungläubig und fasziniert auf ihr Achselhaar schielen musste, das unter ihrem beigen Stricktop hervorspross. Außerdem kreisten meine Gedanken unaufhörlich um den möglichen Sex von Enrico und Simone. Vielleicht hatte Simone, wenn schon kein äußerliches, so doch ein anatomisches Glück, und sie wurde bei jeder Berührung des schlanken, trägen Enricos von Orgasmen nur so durchgeschüttelt.

Weitaus unvorstellbarer war der Sex zwischen Onkel Achim und Tante Hertha. Mindestens ein Mal musste er sich in ihr ergossen haben. Da Enrico seinem Vater wie aus dem Gesicht geschnitten war, hatten andere Überlegungen keinen Sinn.

Onkel Achims kantige Gesichtszüge umspielte seit jeher eine melancholische Weichheit. Wenn er sich von den zermürbenden Familienfeiern zurückzog und alleine, die Hände hinter dem Rücken verschränkt und immer wieder tief durchatmend, den Garten oder den Hof auf und ab schritt, dann entwertete Tante Hertha dieses mutmaßlich therapeutische Gehen als «unmännische Tagträumerei». Opa kommentierte Tante Herthas Herzlosigkeit flüsternd mit den Worten: «Wenn sie wenigstens schön wäre!»

Doch das war sie auch vor dreißig Jahren nicht gewesen, als der 22-jährige Onkel Achim in seinem Liebeskummer-Delirium wegen seiner Jugendliebe, die mit seinem besten Freund durchgebrannt war, monatelang einen so hohen Alkoholpegel gehabt hatte, dass er Hertha Leutsch wohl eher aus Unzurechnungsfähigkeit denn aus Leidenschaft geschwängert und schließlich aus lauter Dummheit geheiratet hatte. Mein Mitleid mit Onkel Achim war immer sehr groß gewesen.

Als ich zehnjährig nach einer Gehirnerschütterung (ich war beim Schlittern auf einer Eisbahn gegen eine Betonmauer geprallt) aus dem Krankenhaus entlassen wurde, schenkte er mir zwei Goldfische. Freddy und Lotte. Beide schwammen fünf Jahre von einer Rundung des Glases zur nächsten. Eines morgens trieben sie leblos an der Wasseroberfläche. Ich war fünfzehn, und es waren nur Goldfische, aber ich habe stundenlang geweint.

Onkel Achim und Enrico diskutierten das letzte Spiel

unseres Dorfclubs «FC Einheit 1990» gegen die «SpVgg Umpferstedt 05». Onkel Achim mauschelte bellend, schnell, erhitzt, mit hochrotem Kopf, sodass ich nicht verstand, wer warum für das Versagen unserer Mannschaft verantwortlich war. Enrico hielt Kopf und Schultern gesenkt, nickte und rieb sich fortwährend die Augen. Um Tante Hertha nicht aus der Unterhaltung auszuschließen, lästerte ich über ein paar dicke Dorffrauen, worauf sie energisch einstieg und sich keifend ereiferte. Viele nannten sie «die Krähe»; ich nicht, denn der Begriff Krähe hätte nicht Tante Hertha beleidigt, sondern den schönen Vogel.

Ich nahm ein zweites Stück Aprikosentorte und sprühte einen riesigen Kringel Schlagsahne auf die in Gelatine eingegossenen Fruchtstücke. Tante Hertha hasste Mama. Es gab keine größere Demütigung in ihrem Leben als diese schöne, blonde, weltverlorene Frau, die auf Schauplätzen kämpfte, zu denen Tante Hertha nicht mal zugelassen wurde. Mama saß in karmesinrotes Tuch gehüllt auf einem edlen schwarzen Ross, während Tante Hertha nichts als niederes Fußvolk in den Schlachten des Lebens war.

Angenehmeres Publikum erwartete mich bei Arthur Schwarz. Er studierte im 13. Semester in Köln die Langstreckendisziplinen Germanistik, Geschichte und Philosophie, und gemeinsam wetteiferten wir müde um den Studienabschluss.

Im ausgebauten Dachgeschoss der Krämergasse 7 hatte ich die ersten und schönsten Orgasmen meines Lebens. Im Sommer nach dem Verschwinden von Jan und Lydia gingen wir miteinander. (Sagt man das heute eigentlich noch, miteinander gehen?)

Arthur, der Schönling, las Brecht, und nicht nur die Gedichte. Er schickte mir sein Exemplar des *Galilei* inklusive des Originals einer 20-seitigen handschriftlichen Interpretation (15 Punkte, sehr gut) per Post – mein belesener Nachbar verstand die Wirkung solch pathetischer Gesten. Ich führte seit einigen Monaten Christa Wolfs *Kein Ort. Nirgends* stets mit mir wie eine wichtige Medizin. Heinrich und Karoline. Mehr, als dass ich etwas wirklich begriff, ergriff mich der mystische Ton dieses kleinen Werks wie das Säuseln in den Überlandleitungen. Einen Moment überlegte ich, ob ich Arthur das Buch zur Revanche schenken sollte, und beschloss, mich niemals von diesem Exemplar zu trennen.

Arthur war siebzehn und selbst ernannter Weltmeister im Masturbieren. Ich beobachtete mit blankem Erstaunen, wie aus der kleinen Öffnung urplötzlich dieser Schmodder herausgeschossen kam, noch als Strahl durch die Luft flog und schließlich als träger Klecks sonst wo liegen blieb. Was für Kräfte mussten dort am Werk sein! Ich tippte mit dem Zeigefinger in diese sämige Mixtur und wunderte mich, dass ich mich nicht ekelte. Ich verschwieg Arthur damals, dass ich ja schon wusste, wie es aussah. *Ein Jahr zuvor.* Arthur hatte immer ein Tütchen mit einem gemischten Sortiment Kondome bei sich. Aber wir verzichteten auf den Vollzug und trieben stattdessen die Petting-Experimente an die Grenzen des Erträglichen. In den Herbstferien verließ mich Arthur aus nie genannten Gründen, und noch heute behauptet er mit dem feierlichen Ton eines romantischen Gemüts, dass dies der größte Fehler seines Lebens gewesen sei. Ich tröstete ihn daraufhin stets, dass, wenn er es nicht getan hätte, ich früher oder später diejenige gewesen wäre.

Seine Mutter öffnete die Tür und umarmte mich wie immer mit der Inbrunst einer Erlösten. Bereits während des jugendlichen Techtelmechtels zwischen ihrem Sohn und mir hatte sie mir einige frauensolidarische Vorzugsrechte eingeräumt. So erzählte sie mir Details aus ihrer früh gescheiterten Ehe mit Arthurs Vater, mit denen sie ihren Sohn zu Recht verschonte. Meine Diskretion war weniger eine Sache der Loyalität, denn der Nächstenliebe. Ich wollte dem smarten, durchaus sensiblen Jungen die Wahrheiten über die Potenz seines Erzeugers ersparen.

Früher mochte ich also die Rolle der mit Wahrheiten überforderten Tochter im Leben von Viola Schwarz gespielt haben. Inzwischen entfachte ich wohl schwiegermütterliche Sehnsüchte in ihr. Schließlich wäre ich aufgrund der quasiinzestuösen Verflechtungen keine allzu große Konkurrenz gewesen. Ihre Abgötterei um Arthur wirkte sich bereits schädlich auf seine Sexualität aus, denn seine jugendliche Drangsal war mit den Jahren einer sektiererischen Abstinenz gewichen.

Viola hatte ihre schweren schwarzen glänzenden Haare ihrem Sohn vererbt. Ebenso den dunklen Teint, der beide zu Entflohenen einer orientalischen Sage machte. Als Inhaberin eines Nagelstudios waren ihre Nägel sorgfältigst gepflegt, ohne allerdings mit den Verunzierungen versehen zu sein, die sie ihren Kundinnen antun musste. Arthur und ich saßen in geschwisterlicher Eintracht auf der Couch, während Viola um uns herumwirbelte und versuchte, mehrere Dinge gleichzeitig zu meistern: Oliven und Käse zu servieren, Kir zuzubereiten, mit gespreizten Fingern zu rauchen und über ihren jüngsten Verflossenen zu lamentieren. Als sie damit fertig war, ließ sie sich in den Sessel fallen und fragte: «Nun, Kindchen, wie geht es dir? Was macht das Studium?»

«Nun, ich fürchte, ich werde Arthur doch noch einholen. Ich schreibe an den letzten Seiten meiner Magisterarbeit.»

«Hui, herzlichen Glückwunsch! Das klingt doch wunderbar. Was hast du denn für ein Thema?»

«Scham und Schuld.» Ich musste lachen. Doch es war die Wahrheit.

Man sah es Viola an, dass es in ihrem Kopf rotierte. Sie hielt die Mercedes zwischen den angespannten Zeige- und Mittelfingern und rieb wie auf Regieanweisung Daumen und Ringfinger sanft kreisend aneinander. «Scham und Schuld. Das klingt interessant. Was genau bearbeitest du da?» Im Gegensatz zur Tante Hertha konnte ich der leicht affektiert interessierten Viola Schwarz einen Abriss der Anthropologie von Scham und Schuld von der Bibel über die griechische Tragödie bis zu Augustinus, Kant, Nietzsche, Heidegger und Freud zumuten. Die Nische, in der ich mich innerhalb dieses Tempels bewegte, markierte ich mit einem Zitat Hans-Thies Lehmanns, wonach Scham der affektive Kern aller Ästhetisierung sei. Das wollte ich in meiner Abschlussarbeit an literarischen Beispielen (Kleist, Stifter, die Vorgenannten) belegen.

Viola trank ihren dritten Kir. Arthur, der mich während meiner Lecture nicht aus seinen blauen Augen gelassen hatte und einfach wunderschön in dem weißen, engen T-Shirt über der schwarzen Hose und den nackenlangen schwarzen Haaren aussah, machte eine Pause, ohne etwas gesagt zu haben. Aber die Art, wie er dasaß, den Körper geöffnet, den Zeigefinger an die Lippen klopfend, lenkte Violas und meine Aufmerksamkeit auf ihn. Er wirkte, als sammele er sich. Vielleicht war die Erwartung jetzt zu groß, aber das, was er dann sagte, sorgte lediglich dafür, dass Viola intensiv durch die Nase ausatmete, sich einen vierten Kir einschenkte und ich die Augenbrauen hob und damit auch schon das Äußerste an Reaktionsbereitschaft zeigte.

Arthur sagte: «Wer von Schuld und Scham spricht, kann vom Zorn nicht schweigen.» Natürlich wollte er auf irgendetwas hinaus, aber die beiden Frauen um ihn herum verweigerten sich jetzt seinem Tiefgang – aus unterschiedlichen Gründen. Ich war von zwei Gläsern Kir plötzlich in einen nachmittäglichen Zustand der Interesselosigkeit verfallen, und Viola nestelte an ihrem Handy rum, sie wollte offenbar eine SMS schreiben und verzweifelte dabei: «Ah, verflucht, mein Handy macht so komische Sachen. Ich kann kein vernünftiges Wort mehr schreiben.» Das Handy befand sich im T-9-Modus, Arthur richtete es, dann sagte Viola: «Gut, Kinder, lasst mich olle, unzufriedene Frau jetzt alleine. Ihr habt euch sicher noch andere Sachen zu erzählen. Ihr seid noch jung und schön. Ich hingegen! Die guten Zeiten – perdu!»

Ich streckte mich auf Arthurs Couch aus. Das Dachgeschoss war Refugium und Relikt seiner Jugend. Schwarzes Mobiliar, weiße Wände, an denen einzig ein Poster des 94er-Pearl-Jam-Albums hing. Schwarzer Untergrund mit dem goldenen Schriftzug *Vitalogy*. Arthur legte sich neben mich. Er hatte die Hände über seinem Bauch gefaltet. Ich hatte einen Arm hinterm Kopf angewinkelt, der andere ruhte ebenfalls auf dem Bauch. Ich schloss die Augen und riss sie sofort wieder auf. Würde ich jetzt einschlafen, wäre ich für den Rest des Tages verloren. Mein Kreislauf würde auf Minimalversorgung umschalten, und selbst Hektoliter Wasser und Koffein würden daran nichts ändern können. Also lagerte ich meinen Oberkörper etwas höher. Das wiederum verursachte einen Knick in der Zwerchfellkante, der mich nur mühsam atmen ließ. Also richtete ich mich ganz auf. Die Benommenheit drückte mich allerdings sofort wieder in meine Ausgangslage. Arthur hatte sich nicht ein einziges Mal gerührt und fragte: «Was bist du denn so unruhig?»

«Ich bin nicht unruhig. Ich bin unentschieden.»

«Wenn du nicht weißt, was du tun sollst, dann blas mir einen.»

«Was'n mit dir los? Ich denke, du machst dir nichts mehr aus Sex.»

«Stimmt, aber bei dir ist das was anderes. Das ist mehr so ein wälsungenblütiges Verlangen.» Ich lächelte ihn an und gab ihm einen Kuss auf die Stirn. Dann stand ich auf und ging zum Fenster. Ich sah auf die unbelebte Gasse. Den Eingang am Haus gegenüber bewachten zwei Kugeln Buchsbäume. Der graue Putz wirkte gepflegt. Die Rollläden sämtlicher Fenster waren heruntergelassen und machten das Haus zu einer Festung kaltblütiger Spießigkeit. *Als müsse es so sein.* Auch solch ein Leben ließ sich führen. Ein Leben unter Verzicht auf Lebendigkeit, Licht und den ungezügelten Wuchs bunter Kletterpflanzen.

Arthur riss mich aus meiner Beklommenheit. «Ich

habe gestern Lukas Krüger besucht. Der Typ ist so fertig.» Aus unbegreiflichen Gründen hatte Arthur noch immer Kontakt zu seinem ehemaligen Sport- und Deutschlehrer, der seit Jahren an Depressionen litt. «Weißt du übrigens, dass der Haftbefehl gegen Jan Pajak schon vor Jahren aufgehoben wurde?» Pause. Die Welt hörte auf, sich zu drehen. «Mangel an Beweisen. Mona Krüger hat es mir erzählt. Die Krügers glauben aber noch immer, dass Pajak Lydias Mörder ist. Sie sollen was miteinander gehabt haben.» Arthur drückte seine Zigarette im Drehascher aus und zündete sich gleich eine neue an. Gauloises ohne Filter. Das Kraut unserer Jugend. Ich hatte dieses Coolness-Stadium inzwischen überwunden und rauchte, wenn überhaupt, die Roten und eigentlich fast gar nicht mehr. Ich hatte mir jedoch zwei Zigaretten von Viola mit auf Arthurs Zimmer genommen. Inhalation und Expiration der Nikotindämpfe ermöglichten es, meine Atmung mit meinen Gedanken zu synchronisieren. Von einem Rauchenden wird meist keine sofortige Antwort erwartet. Rauchen ist Aufschub. Ich musste die Dinge erst sortieren wie bei einer Inventur. Jan und Lydia. Also doch. Jan und Mama. Das auch. Jan und ich. –

«Wusstest du davon?», fragte er.

Ich musste Zeit schinden. Ich hätte mich verdächtig gemacht, wenn ich gleich nach dem letzten Zug eine neue Zigarette angezündet hätte. Also öffnete ich das Fenster, streckte mich ein wenig und tat beiläufig.

«Wovon?»

«Vom Verhältnis, das Pajak und Lydia miteinander hatten?» In Arthurs Stimme klang zu viel verletzliches Timbre, als dass es ihm nur darum gegangen wäre. Irgendwo versuchte er, mich in dieser Geschichte zu verorten, er wusste nur nicht, wo. Er wollte mehr wissen, als er sich zu fragen traute. Nein, mein Lieber, dachte ich, Jan gebe ich nicht dran. Also spielte ich eine gezinkte Karte aus: «Wusste ich nicht. Aber vielleicht interessiert es dich zu erfahren, dass Jan Pajak und meine Mutter mal eine glutheiße Liebschaft verband.»

«Das weiß ja wohl jeder. Ist auch der Grund, warum meine Mutter deine Mutter nicht leiden kann.»

«Kann sein.» Ich drehte mich erneut zum Fenster und sah in den hell aufgespannten Himmel. Jan Pajak war ein freier Mann! Er lief also nicht als Flüchtiger durch Berlin. Und so, als brächte ihn die Legalität mir ein Stückchen näher, wusste ich, dass ich ihn finden und er mich wieder zusammensetzen würde. Da züngelte etwas zwischen Glück und Angst durch meinen Körper. Am liebsten hätte ich Leo angerufen und ihm diese erstaunlichen Neuigkeiten überbracht.

Leider konnte mir Arthur nun seine Interpretation der damaligen Geschehnisse nicht ersparen. Eine Version der Geschichte, über die ich nicht ein einziges Mal nachgedacht hatte, deren Verdrängung natürlich ein Schutz war, weshalb sie mich nun mit monströser Wucht traf: «Letztlich liegt der Verdacht nahe, dass Jan und Lydia zusammen abgehauen sind. Dass sie die ganze Story nur fingiert haben.» Pause. Die Welt stand nun nicht mehr nur still, es hatte sie nie gegeben. Sofort wurde ich von grausamen Fantasien heimgesucht. Wie in einem (schlechten) Film sah ich die beiden Flüchtigen einen Weinberg im Languedoc beackern, einen Olivenhain auf Korfu oder eine Mandelplantage in Marokko. Ihr bedrohtes Glück kettete sie aneinander und machte sie zu rasend Liebenden, die ein Kind nach dem anderen miteinander zeugten. Ein vernichtendes Gefühl der Bangigkeit fraß sich in mich. Ich wünschte mir, Mama oder Papa oder beide hätten in einem schrecklichen Komplott Lydia tatsächlich umgebracht. Doch das Tötungsverbot schlug an, also wünschte ich mir irgendetwas anderes, zumindest versuchte ich es, irgendeine Variante dieser Tragödie, die niemanden unglücklich machte, Mama nicht, Papa nicht, mich nicht und Jan – Warum sollte ich ausgerechnet ihn schonen?

Ich knupperte an der Raufasertapete herum. «Warum hätten sie das tun sollen?», fragte ich müde.

«Als Literaturwissenschaftlerin weißt du doch, dass jede Familie ein Abgrund ist.» Ich sagte nichts mehr. Arthur trat hinter mich und schlang seine Arme um meinen Körper.

11.

Ich fühlte mich von Mama beobachtet und musste daher besonders vorsichtig sein. Ich wartete also, bis alle aus dem Haus waren, ehe ich auf den Dachboden stieg. Auch musste ich damit rechnen, dass Mama die tückische Korrespondenz inzwischen woanders versteckt, wenn nicht gar vernichtet hatte. Ich sah Mamas Gesicht wieder vor mir, als wir damals auf der Treppe aufeinandergetroffen waren, sie hatte sich ertappt gefühlt und ihren Zorn darüber kaum verbergen können. Folglich musste sie befürchten, dass ich ihr auf die Schliche gekommen war.

Alles lag noch an Ort und Stelle. Ich verstand Mama nicht.

Auf dem Dachboden hatte sich auch sonst seit sechzehn Jahren nichts verändert. Er wirkte wie eine unangetastete Zone. Die Fernsehantenne stand noch immer wie ein extraterrestrisches Objekt nahe dem Fenster und glänzte matt aus dem Abwesenheitsstaub heraus. Ich hüstelte leise und hielt dann die Luft an, um fast über die knarzenden Dielen schweben zu können. Nichts sollte meine Ermittlungsarbeit verraten. Doch ich hinterließ im Staub Spuren wie in frischem Schnee. Ich ging zur Dachbodenluke und öffnete den schwergängigen Riegel. Mein blaues Holzkinderbänkchen stand noch immer darunter, aber ich war inzwischen groß genug, um den kleinen Ausschnitt der Welt von hier oben ohne Hilfe zu überblicken. Man sah über die rotgeziegelten Häuser am Dorfrand hinweg, sah die Bundesstraße, die von hier oben die Landschaft wie ein Kohlestrich durchschnitt, sah die buntfleckigen Felder und den schnurgeraden, langen Pflasterweg zum Bahnhof noch, der schon seit vielen Jahren ein weiterer verlassener Ort auf dem Planeten war. Von meinem Hochstand aus sah man das Schopfwalmdach und zwei darunterliegende Fenster des Bahnhofshäuschens aus dem umringenden Wäldchen hervorleuchten. Mehr war nicht zu sehen. Aber jetzt erinnerte ich mich des umgekehrten Blicks vom Bahnhofsgelände hinunter zum Dorf, und wie wir damals im Sommer vor sechzehn Jahren von hier oben etwas gesehen und nicht begriffen hatten, und wie einer von uns ausgesprochen hatte, was alle ahnten: Da muss etwas passiert sein!

Wir waren zu fünft, tranken Cola, rauchten Cabinet und rochen den Sommer wie ein endloses Versprechen. Unsere Beine baumelten von der ehemaligen Laderampe für Güterzüge und hatten noch spätkindlich-sommerliche Blessuren, aber unsere Sehnsüchte waren schon so ungezügelt, wie sie nur auf dem Grat zur Jugend sein können. Wir beschlossen, runter ins Dorf zu laufen. Auch mochte jeder von uns die stille Angst gehabt haben, nach Hause zu kommen und mit einer unfassbaren Nachricht konfrontiert zu werden. Doch bereits als wir ins Dorf kamen, erfuhren wir, dass es jemand anderen getroffen hatte. Lydia Noll war verschwunden, wir sollten nach Hause gehen und auf uns aufpassen. Als ich in unsere Gasse einbog, sah ich Oma und Opa vor dem Haus stehen und hörte ihr Aufatmen. Die letzten Meter kam Oma auf mich zugelaufen und nahm mich so fest in die Arme, als sei ich die

Überlebende einer Naturkatastrophe: «Gott sei Dank, Kind, du bist da!»

Es wurde ein verlorener Sommer. Kein Kind, kein Heranwachsender, der nicht erst eine Litanei an Vorsichtsmaßnahmen über sich ergehen lassen musste, bevor er für längere Zeit das Haus verlassen konnte. Mädchen durften sich nur noch in Gruppen treffen und mussten bei Sonnenuntergang wieder in elterlicher Obhut sein. An den Wochenenden patrouillierten Eltern abends abwechselnd durchs Dorf, was den Alkohol- und Nikotinkonsum der Jugendlichen drastisch senkte und alles noch öder werden ließ. Zelten wurde verboten, ebenso Radtouren über Feldwege und der Aufenthalt in Pflanzhöfen, einer kleinen Gartensiedlung etwas außerhalb des Dorfes, wo wir in Kindertagen im gestauten Flutgraben Blutegel fingen.

Für die meisten von uns wurde es ein Sommer der enttäuschten Erwartungen. Für mich nicht. Denn ich hatte ein Ziel. Es war die Brandstatt, ein Haus ohne Nummer, ein verdammter Ort. Meine gefahrvollen Touren erschlich ich mir mit Notlügen, und wenn ich in die Pedale trat, so trat ich mich Stück für Stück frei von den Panzerungen meiner Eltern.

Ich widmete mich nun der vertrauten Geheimkorrespondenz. Neben den Briefen und einigen Fotos gab es ein Notizbüchlein, eine blaue Kladde mit schwarzen Ecken und kleinen Sternchen-Aufklebern. Es war weniger ein Tagebuch als ein biografisches Telegramm. Kurze, aber detaillierte Hauptsätze, so, als wäre Mama gezwungen gewesen, ein Gedächtnisprotokoll anzufertigen. Vielleicht, weil die Erinnerung in spröden Worten weniger schmerzt.

So wie die Erinnerung an den 7. November 1978, als Mama ihre Siebensachen in einen Koffer schmiss und im Morgengrauen den langen Weg aus dem Dorf hinaus auf den kleinen Bahnhof zumarschierte, von wo aus sie zunächst im überfüllten Arbeiterwaggon zum Erfurter Hauptbahnhof gelangte, um nach dreimaligem Umsteigen mit endlosen Wartezeiten schließlich am frühen Abend in der Hauptstadt der Deutschen Demokratischen Republik einzutreffen. Hier wartete sie anderthalb Stunden auf den Zug nach Potsdam, aß eine Bockwurst und trank stark gesüßten Kaffee in der Mitropa.

Am Bahnhof Potsdam angekommen, nahm sie ein Taxi und fiel erschöpft in den Sitz des Wolga. Als sie gegen 19.30 Uhr die Karl-Liebknecht-Straße 35 erreicht hatte, klingelte sie mehrfach vergebens bei Pajak. Sie übernachtete in einem Fremdenzimmer und klingelte am anderen Tag, ohne dass ihr jemand die Tür geöffnet hätte. Sie musste einsehen, dass ihre Mühe umsonst gewesen war. Sie überlegte, ob sie in Berlin ihre Tante Martha aufsuchen sollte, um sich auszuweinen, verwarf diese Idee und entschied, den nächsten Zug nach Hause zu nehmen. Eine Weile schleifte sie ihren Koffer müde hinter sich her, packte ihn plötzlich energisch an, beschleunigte ihr Schritttempo und beschloss, Burkhard Veit zu heiraten. All das schrieb sie Jan einige Wochen später in einem Brief, gesendet nach Luanda.

Der Antwortbrief kam zwei Monate später. Er enthielt keine Entschuldigung, keine Worte des Bedauerns, keinen Trost. Jan spielte nur in einer Zeile auf die gescheiterte Begegnung in Potsdam an. *Es ist gut, dass du nun heiraten wirst.* Immerhin räumte er ein, dass sein abschiedsloses Verschwinden nach Angola nicht in Ordnung gewesen sei, *aber manchmal geht man eben mit großen Schritten vorwärts in der Zeit.*

Ansonsten schrieb er von Afrika und davon, wie er anfangs die Dämmerung vermisst hatte, die allmähliche Entfärbung der Welt. Hier in Äquatornähe herrsche das Absolutum von Licht oder Finsternis. *Es schlägt um von einem ins andere, jäh, unerbittlich und brutal, wie dieser ganze Erdfleck hier ist.* Zum Ende des Briefes hin wurde er wieder sachlicher und wünschte liebe Grüße in die Heimat.

Auf dem Hochzeitsfoto, das in einem Regal in der guten Stube stand, die kaum je betreten und nie beheizt wurde, wölbt sich ein schöner Kugelbauch unter Mamas schlichtem weißen Kleid. Papa steht im dunklen Anzug hinter ihr, die Hand auf ihre Hüfte gelegt. Beide lächeln und sehen fröhlich aus. Es scheint nicht, als hätte der Fotograf sie dazu zwingen müssen.

Zwischen den Seiten der Kladde steckte ein Foto vom jungen Jan in Lederjacke, engen Jeans und weißem T-Shirt, in dessen umgeschlagenen Ärmel eine Packung Zigaretten steckte. Er blickte gekonnt verwegen in die Kamera, und aus dieser Zeit mochte auch der etwas selbstmitleidige Brief stammen, den er mit schwarzem Stift auf Zeitungspapier schrieb, sodass der Empfängerin (Mama) die Druckerschwärze an den Fingern haften blieb und die Augen beim Entziffern schmerzten, wie sie ihm etwas vorwurfsvoll antwortete. Und nun las ich es mit meinen Augen, dass er lieber ein nomadisierender Wolf sei als ein an die Kette gelegter Hund. Und dass er Mama bat, mitzunomadisieren.

Er war rau und verletzlich, der Facharbeiter für Nachrichtentechnik, aber im Frühjahr 1977 gab er an, er wolle zu den *Bewaffneten Organen.*

Und deine Träume, Mama. Wie sah er denn aus, dein Plan vom Glück? Als du auf dem Rücksitz der MZ, festgeklammert an unseren Mann, über die Landstraßen flogst. Als du übermütig in die Exakta strahltest – das blaue Kleidchen sehr kurz, die Haare ebenso – und deine Sommersprossen einen bronzenen Film auf der Haut bildeten. Dieses Foto habe ich nach jedem Umzug erneut an die Wände gehängt neben einem, auf dem ich im selben Alter bin, und alle sagen, ganz die Mama, und ich sage, wir sind ein Fleisch und ein Blut.

12.

Bei meiner Rückkehr nach Berlin empfing mich Leo am Hauptbahnhof. Er war herzlich, ausgelassen und bekundete seine Freude, dass ich den Ausflug in mein kleines postsozialistisches Idyll, wie er es nannte, gut überstanden hatte. Er meinte offenbar zu wissen, wovon er sprach, schließlich war er einmal mit zu Besuch gewesen für ein herbstliches Wochenende auf dem Dorf.

Während Papa überfordert war vom Sprechtempo und Wissensdurst meines Geliebten (er fragte Papa auch über das noch so kleinste Detail seiner Werkstatt aus und hielt ausschweifende Vorträge über die Fertigkeiten seines ehemals masurischen Vaters, der noch heute an der Werkbank seines bundesrepublikanischen Exils stand) und Mama mehr durchschaute, als mir lieb war (sie warnte mich zum Abschied, dass dieser Mann ein klassischer Energievampir sei), während also meine Eltern lediglich die Anstandsregeln wahrten und dem Gast höflich, aber distanziert begegneten, waren Oma und Opa begeistert von diesem überaus interessierten und aufgeschlossenen, nicht mehr ganz so jungen Mann.

Er saß am Tisch unseres kleinen Wohnzimmers, das immer nur Stube genannt wurde, schaufelte frische Schlagsahne auf Omas Pflaumenkuchen und entlockte meinen Großeltern alles über Leben und Arbeit in der damaligen Landwirtschaftlichen Produktionsgenossenschaft. Opa erzählte vom Unrecht der Enteignung und

Oma von den planwirtschaftlichen Steinen, die ständig im Wege gelegen hätten und kaum zu beseitigen gewesen wären, aber wie sie immer weitergearbeitet hätten und wie alles nicht leicht, aber dennoch zu bewältigen gewesen sei. Dann holte Opa einen Briefumschlag mit ein paar wenigen Fotos aus ihrem bäurischen Arbeitsleben. Meine Großeltern standen stets inmitten von Nutzvieh. Mal zu zweit mit Heugabel im Kuhstall, mal Oma mit Körbchen beim Eier einsammeln und schließlich Opas Spur, die sich im *Trittsiegel eines Schweins* verliert.

Leo, der bis dahin seine beiden Zeitzeugen tief in die Gründe ihrer Erinnerung hineingetrieben hatte, hielt nun inne. Er sah das Foto an, als würde er sich an etwas erinnern, schwieg und nickte. Diese stumme Geste war pure Anerkennung. Er würdigte sie. Ich blickte in die Gesichter meiner Großeltern und entdeckte, wie ihnen ein Hauch Stolz in Augen und Mundwinkel zog. Dann blickten die beiden zu mir zurück und deuteten eine Geste an, die nur heißen konnte: Ein westdeutscher Mann, der sich für die DDR-Schweinezucht interessiert, so einen müsse man erst mal finden!

Leo und ich aßen am Abend in der Villa Rixdorf. Er hatte wenig auszusetzen, weder an seinem Rumpsteak, noch an mir. Ich sähe erholt aus, die Landluft habe mir offensichtlich gut getan. Vielleicht könne man demnächst eine größere Reise machen. Ich lächelte nur und dachte: Baby, ich bin auf Mission, ich habe einen langen Weg vor mir, und mit jedem Schritt lasse ich dich ein Stück zurück! Aber gut, lass uns eine Abschiedstour machen! Wo soll's hingehen?

«Die schwedischen Schärengärten im August, wie wär's?» Leo schwärmte von der idyllischen Landschaft, die er bereits mehrfach besucht hatte, einmal sogar per Segelboot. Da der Rest der Mannschaft betrunken gewesen war, musste er, obschon auch nicht ganz nüchtern, alleine ran, um die Jacht durch die Unwägbarkeiten der Schären zu steuern. Ohne Hilfe und nur auf Sicht, ein schier unmögliches Unterfangen, aber das sei die Seefahrt ja schon immer gewesen. Und mit jedem sicher umschifften Felsen rückte die mattgold glänzende Silhouette Stockholms näher. Schweden sei ein einziger Sonntag des Gemüts, fasste Leo zusammen, während ich mich fragte, woher seine plötzliche Rücksichtnahme gekommen war.

Ein Jahr zuvor hatte er mich den landschaftlichen Zumutungen Norwegens ausgesetzt, und das, obwohl mir der kleine Kobold Angst auf der Brust saß und mir den Atem stahl. Der Kobold hatte mich schon länger ausspioniert, ich spürte, wie er um mich herumschlich und wie sich in seiner Gegenwart alles mehr und mehr einzutrüben begann. Anfangs war es nur ein mulmiges Gefühl in der Magengegend und eine völlig unbekannte Appetitlosigkeit gewesen. Ich stand ratlos vor dem Kühlschrank und stocherte anschließend lustlos in der Gemüsepasta. Also irrte ich im Kiez umher auf der Suche nach einem anregenden Essensgeruch. Ich suchte ihn in arabischen, türkischen, asiatischen Imbissen, in Cafés, in Restaurants. Doch wann immer ich einen köstlichen Happen im Mund hatte, wurde er fad, quoll um ein Vielfaches auf und blieb ungeschluckt im Rachen hängen, bis ich ihn irgendwann mühevoll unter Angst und Panik hinuntergewürgt hatte.

Da klammerte der teuflische Kobold schon an der Kehle, und eines Tages sprang er auf den Brustkorb und machte sich schwerer und schwerer. Leo nahm diese Veränderungen wahr und diagnostizierte beginnenden Wahnsinn. Ich listete Varianten nach ICD-10 auf, konnte ihn aber nicht überzeugen. Er habe sich ohnehin schon immer gefragt, wie ich überhaupt durchs Leben kommen wolle.

Wenig später waren wir auf einer Party, und ich wechselte den ganzen Abend über atemlos, keuchend und zitternd ständig zwischen Bad und Schlafzimmer der Gastgeber, um meinen außer Kontrolle geratenen Körper irgendwie zur Ruhe zu zwingen. Leo sah einmal kurz nach mir, fragte, ob es mir inzwischen besser ginge, legte für einen sekundenkurzen Moment seine Hand auf meinen Rükken und ging zurück zu den Gästen, wo ich bald wieder seine Stimme über dieses und jenes triumphieren hörte. Was blieb, war das Gefühl eines warmen Abdrucks seiner Hand, ich spürte diesem Gefühl wie einer Kostbarkeit nach, ängstlich bedacht, es nicht zu verlieren. Hand auf Rücken schien mir die tröstlichste Geste überhaupt, fast noch schöner als eine Umarmung, die einem ja doch nur wieder den Atem zu rauben droht. Ich war mir so sicher, dass mich seine geduldig verweilende Hand auf meinem Angstkörper hätte heilen können. Ich kannte fortan keine größere Sehnsucht als die nach sedierender Berührung. Und ich kannte fortan keine größere Enttäuschung als deren Verweigerung.

Mitten in diesen Leib-Seele-Kampf hinein fiel unser Norwegen-Trip. Oma sprach mir am Telefon Mut zu, die Natur würde mir sicher gut tun, und ich tat ihr zuliebe so, als würde ich daran glauben, war mir aber sicher, die nächsten Wochen nicht zu überleben.

Es war die unbarmherzig überwältigende Trias aus Stein, Wasser, Holz, die mir arg zusetzte. Wohin das Auge sich auch wendet, es trifft auf metallisch grauen Felsen, der oft genug die Täler zu lichtlosen Einsiedeleien macht, auf Wasserfälle, die allerorts krachend aus Gesteinsspalten hervorstürzen, auf Fjorde, die sich so weit ins Landesinnere hineinschmuggeln, dass das jenseitige Ufer auf lange Zeit unerreichbar bleibt, sowie auf tiefe, dunkle Föhrenwälder. Landschaft als Attentat. Meine Beklemmung wich nur jenseits der Baumgrenze. Hier auf den glazialen Plateaus musste man gar nicht selbst atmen. Der Wind sog den Atem einfach aus der Brust und nahm ihn mit sich fort in die Endlosigkeit seines Stroms. Ich stand mit den Beinen fest auf dem Fjell, sah Moos und Gesträuch in allen Farben des Universums aus der Kargheit des Gesteins hervorschimmern und hielt der Verlassenheit der Tundra stand. Das war keine Landschaft im Werden und Vergehen der Jahreszeiten, das war ein Überbleibsel der Uridee von Landschaft: Panoramablicke in die Prähistorie. Gott war noch ganz jung.

Wir wanderten und erklommen Stein für Stein einen Kamm. Jeder Schritt war ein Tasten nach verborgenen Einbrüchen, immer wieder löste sich Geröll unter der Last unserer Körper. Dann endlich standen wir im Schnee, und die Demut wich kindlichem Spaß. Wir formten Schneebälle und maßen uns im Weitwurf, wir warfen den Schnee in die Luft und ließen die Gesichter berieseln, wir machten sogar den unvermeidlichen Schneeengel und schlitterten schließlich unter Gejohle auf einer Schneezunge hinab zum Fuß des Berges.

Mit Auto, Zelt, Kajak und Trangia-Kocher reisten wir über das Geschlängel der Serpentinen von einem Ort zum nächsten, rastlos, staunend, manchmal müde, mit dem Finger auf der Landkarte schon die Strecke des kommenden Tages verfolgend, aber uns kein Stück näher kommend. Die Reise war von Leo generalstabsmäßig geplant worden, worüber ich froh war, da ich mich einfach nur ins Auto setzen und Landschaftskino gucken konnte, was aber auch bedeutete, dass ich mich seinem Regiment zu fügen hatte. Das geschah freilich nur in Andeutungen, Leo war kein offensichtlicher Despot, sondern dem eigenen Selbstverständnis und auch seinem Verhalten nach ein freizügiger Mensch. Und doch hätte ich ihm einmal fast ein Messer in die Rippen gerammt und ein anderes Mal beinah von einer Klippe gestürzt.

Ich hatte mich seinem unerbittlichen Rhythmus zu unterwerfen – das Los der Mittellosigkeit, denn schließlich war Leo auch der Hauptfinanzier unserer Expedition. Sosehr ich das Zelten liebte, dieses Gefühl, vom Himmel nur durch eine hauchdünne Membran getrennt zu sein, sosehr sehnte ich mich doch zum Ende der Reise hin nach einer Übernachtung in einer der unzähligen Holzhütten. Ein einziges Mal nur wunderbar erschöpft in ein Bett fallen und den Wind durch die Ritzen pfeifen hören! Doch Leo kanzelte diesen Vorschlag mit dem Hinweis auf die Corps of Discovery ab, die auf solche Bequemlichkeiten auf dem Weg zur Entdeckung der amerikanischen Westküste auch hatten verzichten müssen. Ich nahm den Scherz wahr, aber auch die Botschaft: Keine Schwäche, bitte!

Was er nicht ertrug – mein Troubadour des Schönen, denn wie kein Zweiter sah und beschwor er die Wunder der Natur –, war die Symbiose durch Glücksempfinden. Nicht immer, aber allzu oft war es der geglückte Augenblick, den er jäh zerstörte, so, wie ein einzelner, unachtsam losgetretener Felsen ein Leben unter sich begräbt.

Wir saßen am vorletzten Abend der Reise in einem prachtvoll blühenden Garten mit Blick auf die durchscheinende Klarheit eines Bergsees und die schneebedeckten Gipfel, das Zelt bereits aufgebaut, den Kocher angeworfen, die Gemüter erheitert, als ich mich zu einer Fantasterei hinreißen ließ. Weiter abseits von uns tobte eine kleine Familie am Wasser herum. Im Gegenlicht sah man die Bewegungen des Spiels, eine immer und überall gleiche Choreografie familiären Glücks. Die Eltern haschten nach dem Kind, das sich kichernd entzog, bis es der Vater ergriff, nach oben warf, auffing und lachend an sich drückte. Die Mutter umschlang die beiden von hinten, und gemeinsam gingen sie Arm in Arm weiter den Strand entlang. Ich sagte, wie schön das sei, wie einfach und natürlich, und dass ich mich manchmal nach so etwas sehnte. Bei Leo ging ein innerer Alarm los, man sah, wie ein harmloses Programm abrupt beendet wurde und ein neues, gefährlicheres gestartet wurde. So sanftmütig er eben noch den gelungenen Tag gelobt hatte, so abschätzig zischte er mir jetzt zu: «Ach ja, ist es das, was du willst?»

Und so, wie bei ihm das Programm urplötzlich wechselte, wechselte es auch bei mir. Mit größerer Bestimmtheit, als ich sie selbst empfand, schleuderte ich ihm entgegen: «Ja, genau das will ich: Mann, Kind, man nennt das Familie.»

«Ein bisschen enttäuschend, dass auch bei dir der Horizont nicht weiter reicht als bis zum gesellschaftlichen Zwangsgeviert aus Heim mit Blagen und Hausmännchen. Ich hatte gehofft, dass wir es anders machen könnten. Aber wenn dich das kleine Spießer-Glück befriedigt – bitte schön!»

Ich schwieg, denn alles war ausgesprochen. Ich sah ihn noch einen Moment fest an, dann wandte ich den Blick von ihm ab wie von einem hässlichen Tier. In greifbarer Nähe lag das Messer, mit dem er eben noch die Schalotten geschnitten hatte, und ich spürte, wie meine Hand den Messergriff fest umschloss. Ich konnte all seine Parolen gegen die Liebe auswendig herbeten. Manchmal hatte mich sein Ehrgeiz wider die häusliche Zweisamkeit amüsiert, eine Weile hatte ich die Argumente gar übernommen und zusammenwohnende, Kinder zeugende und heiratende Pärchen innerlich mit Hohn überschüttet. Aber ein Mann, der nicht die Hand auf einen ängstlich zitternden Rücken legen kann, konnte auch mit keinem noch so extravaganten Gegenentwurf punkten. Das hatte ich begriffen. Doch ich hielt durch. Nun aber war es, als würden allmählich die dünnen Fäden reißen. Ich hatte zum ersten Mal kein Bedürfnis nach Versöhnung und saß den Rest des Abends auf einer Schaukel, starrte auf den Gebirgssaum und hoffte vergebens, dass das Licht bald dahinter verschwinden und alles in Dunkelheit versinken würde. Aber es war Mittsommer, und es gab keine Hoffnung auf Flucht in die Nacht.

Am anderen Tag setzte er sich zu mir auf einen Felsen, von dem man die alpine Kulisse überblicken konnte, und sagte, dass das noch nicht das Ende bedeuten müsse. Es sei doch alles gar nicht so schlecht mit uns. Ich atmete ruhig ein und aus und nahm seine Hand in meine Hände. Ich drückte sie sanft, doch es kam keine Reaktion.

13.

Als unser Roadmovie endete, begann ein neues Miteinander. So, als hätten wir die Vertragsbedingungen geändert. Ich senkte meine Erwartungen auf ein ernüchterndes Niveau, und er nahm meine unterdrückten Sehnsüchte hin wie eine unheilbare Krankheit. Ich fühlte immer weniger und konnte doch nicht loslassen. Ich hielt zu ihm, so wie man ein Sorgenkind nicht aufgibt. Und wir wurden immer besser darin, eine Kameradschaft zu führen, die so außerordentlich pragmatischer Natur war, als wollten wir das Hegel'sche Ehe-Modell an Rationalität noch übertreffen. Wir aßen mehrfach in der Woche gemeinsam zu Abend, konversierten gepflegt, besuchten die Philharmonie, Vorträge, Partys, Fußballspiele, wir fuhren im Umland umher, schickten sachliche, aber wunderbar ausformulierte E-Mails hin und her, und hatten mitunter sogar nüchternen, von allen Emotionen gereinigten Sex.

Dieses bilaterale Abkommen hielt zwei, drei Monate. Dann holten mich meine Panikattacken ein wie ein aggressives Tier. Statt eines einzelnen Kobolds umstellten mich nun Horden dämonischer Wesen und ließen jeden Atemzug zu einer Todesdrohung werden. Jede Sekunde im Wachzustand wurde eine in die Ewigkeit verlängerte Marter. Aber meine Vitalfunktionen ließen mich überleben, das war die eigentliche Demütigung.

Noch hielt ich es für möglich, den Kampf gegen meinen verfeindeten Körper zu gewinnen. Ich machte Atemübungen, klopfte besänftigend auf das Brustbein und murmelte affirmative Phrasen. Dieser therapeutische Selbstbetrug sollte mich zumindest U-Bahn-Fahrten und anschließende, immer seltener werdende Verabredungen überstehen lassen. Wie diesen in mancherlei Hinsicht finalen Abend im Kreuzberger *Avril*.

Leo und ich saßen uns gegenüber, auf dem Tisch eine Kerze, die nervös flimmernde Schatten zwischen uns hin und her warf. Ich hatte bereits auf dem Weg mehr Atemzüge genommen, als für einen Himalaya-Aufstieg nötig gewesen wären, und so zitterte ich nun mit der Kerze um die Wette. Leo mochte meine Anspannung gespürt haben, ließ sich aber nichts anmerken und plauderte über dieses und jenes. Ich nahm das nur als dumpfen Hall wahr und versuchte, mein Entortungsempfinden durch ein intensives Studium der Speisekarte zu vertuschen. In Wirklichkeit verschwammen unkontrolliert taumelnde Buchstaben vor meinen Augen, und ich weiß nicht, wie lange ich schon die Luft angehalten hatte, aber plötzlich stieß ich den Namen eines Pasta-Gerichts aus, sprang auf und rannte aufs Klo. In dieser kleinen Zelle trommelte ich auf meinen Brustkorb und beschwor mich: Nein, du wirst jetzt nicht sterben. Es ist völlig ausgeschlossen, dass du, scheinbar gesund, stirbst. Es ist die Angst, die bringt dich nicht um! Aber sofort schnellte der Dämon Zweifel dazwischen: Gesundheit? Woher willst du wissen, dass du nicht an einer heimtückischen Lungenkrankheit leidest? Oder vielleicht ist es das Herz? So ein Kammerflimmern ist mit dem Leben nicht vereinbar! Oder aber – ein hypochondrischer Klassiker – eine seltene, kaum zu diagnostizierende neurologische Erkrankung! Ich sackte auf den Klodeckel und wollte weinen – wer weint, stirbt nicht –, aber es kamen keine Tränen. Ich versuchte, den Atem herauszupressen, es gelang nur mit Geräuschen, irgendetwas zwischen Winseln und Seufzen. Ich wollte für immer auf diesem Klodeckel sitzen bleiben oder hier auf mein Ende warten, aber da draußen saß Leo an einem schönen Restauranttisch, und ich hatte die Pflicht, mich zusammenzureißen. Ich spülte reichlich kaltes Wasser über Wangen und Puls und ging, noch immer unruhig atmend, zu unserem Tisch zurück.

Leo stellte keine Fragen, sah aber besorgt, wenn auch einen Hauch vorwurfsvoll, aus und wünschte guten Appetit. Der Teller war ein Traum aus Linguine und feinstem Gemüse, aber auch groß und schwankend, immer größer werdend wie ein dem Ertrinkenden bedrohlich näher kommendes Schiff. Ich stach mit der Gabel in eine der Nudeln und wickelte sie langsam, mit äußerster Präzision auf, ich wollte diesen Vorgang so lange hinausdehnen, bis dieser Abend und alle kommenden vorüber und vergessen waren. Dann führte ich die Gabel zum Mund, nahm aber einen so tiefen und schnappenden Atemzug, dass die Hand panisch auf den Tisch fiel. Auch Leo ließ seine Gabel sinken und raunte mir zu: «Jetzt hör endlich auf, so zu atmen, du inhalierst ja für zehn. Das ist völlig unphysiologisch.»

Und ich rang erneut nach Luft, blähte den Brustkorb bedenklich auf und expirierte stockend, unvollständig, keuchend. Bevor Leo einen weiteren Trost verweigernden Spruch von sich geben konnte, sprang ich wiederholt vom Tisch auf und rannte auf die Toilette. Der ganze Leib zitterte und krampfte, die Beine waren taub, die Hände kalt, die Seele mürbe und der Tod gewiss nah. Ich erstickte und lebte dennoch zwei, drei, vier, fünf Minuten und darüber hinaus, ohne auch nur einen einzigen gesunden Atemzug genommen zu haben. Als ich nach weiteren fünf Minuten immer noch lebte, ging ich vollkommen entkräftet zurück.

Das Vernichtungsgefühl war intensiver als alles, was ich je gespürt hatte. Leos Geduld war unterdessen am Ende, und er fasste das Drama zusammen: «Du siehst aus wie das blühende Leben, aber offensichtlich stirbst du gerade!» Ich brach weinend über meinem liebevoll dekorierten Teller zusammen. Einige Gäste sahen mitleidvoll hinüber. Ich schluchzte, was mir das Atmen seltsamerweise etwas erleichterte, und stieß in unrhythmischen Sprachbröckchen meine Verzweiflung aus. Dann schnäuzte ich in die Serviette und schob meine Hand in Richtung Leo. Er reagierte nicht, und so schob ich sie immer näher an seine Hand, bis ich sie leicht anstupste. Aber es geschah nichts. Leo ließ meine Hand liegen wie Abfall. Stattdessen bat er mich, ihn anzusehen und es ihm gleichzutun. Leicht und langsam einatmen und locker und langsam wieder ausatmen. Ein und aus. Ein und aus. Anfangs holperte ich noch ein wenig, aber nach und nach imitierte ich gekonnt die Anweisungen meines Atemtrainers und kam endlich etwas zur Ruhe. Zwar schmerzte der Brustkorb noch von den muskulären Höchstleistungen der vergangenen Stunden, aber die Lungenfunktion wurde auf Normalmaß runtergeregelt.

Wenige Zeit später, als wir wieder bei Leo zu Hause waren, geriet ich gar in eine Genesungseuphorie und plapperte drauflos wie ein unbedarftes Glückskind, das von den Schrecken des Lebens nichts weiß. Vielleicht war es die Hoffnung, dass dies vorhin der heilsame Schock gewesen sei, nach dem es kaum mehr schlimmer und dafür immer besser werden würde.

Das Gegenteil war der Fall. Bereits am nächsten Tag schlugen die Symptome zurück, und Leos erbarmungslose Worte vernichteten den allerletzten Funken Zuversicht. *Du siehst aus wie das blühende Leben, aber offensichtlich stirbst du gerade!* Ob auf der Straße oder zu Hause, überall wurde ich von Todesgewissheit heimgesucht, und dass ich nirgendwo mehr Zuflucht fand, stieß mich in Abgründe jenseits der Verzweiflung. Ich vegetierte nur noch, und als ich es vor Entkräftung nicht mal mehr zum Bäcker um die Ecke schaffte, weil ich seit Tagen keinen Bissen mehr hinuntergewürgt bekam und mich selbst an kleinen Schlucken Wasser verschluckte, rief Oma an und sagte, sie hätte einen Platz in einer psychosomatischen Klinik für mich organisiert. Ich hatte in dieser Zeit fast täglich nach Hause telefoniert, Mama weinte fortwährend und schluchzte, dass es keinen Menschen auf der Welt gäbe, der mich besser verstand als sie.

Ich packte meinen Koffer, setzte mich in den Zug und fuhr qualvoll japsend in meine Heimat.

14.

Station 54 PSE 2 «S. Freud» stand rot unterlegt auf der Glastür zum Trakt der gemarterten Seelen. Seine Insassen verdankten ihr Überleben entweder dem Scheitern ihrer Suizidversuche oder hohen Dosen psychopharmakologischer Mixturen. Immerhin, wer hier im zweiten Geschoss des neu angelegten Flachbaus beherbergt wurde, befand sich im offenen Vollzug und konnte nach Abmeldung bei der Schwester das Klinikgelände erkunden. Weitere Abenteuer wie das Verlassen des Klinikgeländes bedurften der ärztlichen Zustimmung, waren aber ohnehin unüblich, denn schließlich war man hier, weil das Leben außerhalb eines geschützten, überschaubaren Raumes bedrohlich und unzumutbar geworden war. Viele meiner Kameraden hatten den Aufstieg aus dem verschlossenen und vergitterten Erdgeschoss hierher in die lichte Etage der Therapierbaren geschafft. Wahrscheinlich aber waren sie nur wegen Überfüllung ausgelagert worden, denn mimische Starre, gelegentliches Wiegen des Oberkörpers und Nahrungsverweigerung gelten nicht gerade als Anzeichen eines Heilungserfolges.

Ich teilte mein Zimmer mit einer Pendlerin zwischen den Geschossen. Diana, deren Handgelenke stets verbunden waren, hatte ihre Erinnerungen an die vergangenen zehn Jahre bei einer Elektrokrampftherapie verloren. Vermutlich war das zu ihrem Besten, denn die Ausbeute an Glücksmomenten schien in ihrem Leben sehr gering.

Der Tag begann um 6.30 Uhr mit Frühsport auf dem Flur. In zwei Reihen drängte sich das Häufchen Seelenkranker und folgte entweder müde (die Depressiven und Dementen), übereifrig (die Maniker und Paranoiker) oder nüchtern (die Angst- und Panikfraktion) den Anweisungen des Vorturners. Ein Bild zwischen Pein und Rührung: Lebensüberdrüssige beim Ausführen von Kniebeugen, Armkreisen und Hampelmann. Das anschließende Frühstück im Gemeinschaftsraum war die nächste Herausforderung ans Gemüt. Beim Aufreißen der cellophanverschweißten Mischbrotscheiben und Belegen ebendieser mit gräulichem Bierschinken, fahlgelbem Schnittkäse und portioniertem Marmeladenersatz wurde der Riss sichtbar: Dies hier ist dein Elend! Du bist raus aus dem Spiel! Die machen da draußen ohne dich weiter, während du hier drinnen zum Nachtisch vitaminfreies Kompott aus rumänischen Kinderheimbeständen verfüttert bekommst.

Über den Ablauf des restlichen Tages informierte eine Magnettafel mit kleinen bunten Schildchen, die einen in die unterschiedlichsten Therapien navigierten, und wenn man es bislang noch nicht kapiert hatte, wo man war, begriff man es spätestens in der Kunsttherapie. Der überdidaktische, zugleich einlullende Ton der Kunsttherapeutin konnte nur bedeuten, dass man tiefer nicht würde sinken können. Jede geistige Anstrengung, die über das Verfertigen eines Baumbildes als Ausdruck des gegenwärtigen Befindens hinausginge, würde als pathologische Selbstüberschätzung gewertet. Der Versuch, den Psychiatrie-Aufenthalt als intellektuelle Krise zu adeln, scheiterte nun angesichts von deformierten Specksteinen, zerflochtenen Körben und traurig-derangierten Keramiken.

Einen Schritt weiter Richtung Regression ging nur noch die Musiktherapie. Wir hatten aus am Boden verstreuten Triangeln, Trommeln, Bongos, Xylofonen, Becken, Zimbeln, Hupen, Ratschen und weiteren Effektinstrumenten eine Auswahl zu treffen und uns mit den Möglichkeiten der Klangerzeugung vertraut zu machen. Nun begann ein dissonantes Gequietsche und Geschelle, sodass ich mich an das Intro des DDR-*Liederspielplatzes* mit Siegfried Uhlenbrock erinnert fühlte. *Kinder, die Musik erklingt.* Ich flüchtete hinters Xylofon und schlug die Hölzchen. Der Anweisung der Therapeutin, einen Ausdruck für unsere Verfassung zu finden, widersetzte ich mich, indem ich eine möglichst harmonische Klangfolge probierte. Nach drei Minuten spürte ich nichts mehr und suchte rettenden Augenkontakt mit Falk, einem der wenigen, die trotz mehrfachen Suizidversuchs und Übermedikation noch weit von geistiger Degeneration entfernt waren. Er hatte sich an einer afrikanischen Trommel zu schaffen gemacht, und um seine Mundwinkel war die Idee eines Lächelns zu erahnen, als sich unsere Blicke trafen.

Die Psychiatrie ist der große Gleichmacher. Ob vom Alkoholismus das Hirn bereits Brei geworden ist oder ob noch Restreflexe des akademischen Habitus vorhanden sind, am Ende sitzen alle gemeinsam im Kreis und schlagen Klanghölzer. Beschäftigungstherapien sind die wirklichste Wirklichkeit. Hier ist jeder bei sich, und zwar nur noch bei sich. Es gibt keine ehrlichere Äußerung als das lustlose Schlagen einer Triangel. Bei kaum einem Seelenkranken entfacht das kindische Musizieren Begeisterung. Nur die Gründe sind verschieden. Die einen sind schon weit über das Motivationsstadium hinaus in einem Zustand der ewigen Starre, und die anderen finden das Ganze einfach nur doof.

Trotz, vielleicht sogar wegen der albernen Therapien begann ich, allmählich in meinem Auffanglager heimisch zu werden. Es war der Ort, der mir im Moment zustand. Mehr war nicht drin. Außerdem traf ich dort auf zwei Atembrüder, deren wichtigste Vitalfunktion sich ebenfalls nicht im kosmischen Gleichgewicht befand. Als wir entdeckten, was wir teilten, gerieten wir in einen Furor der Symptom-Illustration. Beinah kreischend überboten wir uns in der Darstellung schlimmster Attacken und waren schier begeistert über diesen psychophysiologischen Wahnsinn, den niemand verstand, schon gar nicht die Ärzte. Anstatt eine Erklärung zu suchen, erfanden sie die Diagnose *Atemtic* und setzten uns auf Lyrica, ein Medikament, das so klangvoll wie verhöhnend war. Denn eine der Hauptnebenwirkungen waren Wortfindungsstörungen. Und Atembeschwerden.

Vermutlich, weil ich dennoch über geistige Ressourcen verfügte, bekam ich Sonderaudienzen beim Oberarzt Dr. Pieteriet. Während die debilen Drogenopfer und verstummten Depressiven vom medizinischen Lehrpersonal auf Station abgefertigt wurden, durfte ich dem Oberarzt in seinem geräumigen, geschmackvoll eingerichteten Arbeitszimmer ein wenig fachliche Anregung geben.

Er war ein Mann, der um seine Attraktivität wusste, und wären meine Libido nicht vom Medikament ruhiggestellt und mein Aussehen durch die Mangelernährung nicht dahin gewesen, hätte ich dieser Situation eventuell etwas Pikantes abgewonnen. So aber war es ein Psychiater-Patient-Gespräch mit dem üblichen Gefälle, auch wenn er hin und wieder meine Bemerkungen als spitzfindig bewertete und sogar anerkennend lächelnd niederschrieb.

Der Gang in meinen Erinnerungsbunker gestaltete sich allerdings als müßige Mission. Mir wollte nichts einfallen, was das Ausmaß der Symptome rechtfertigte. Es gab zwar diese seltsame Geschichte aus meiner frühen Jugend, aber ich ahnte, dass Dr. Pieteriet das Ganze unnötig aufladen würde. Verschwundenes Mädchen, älterer Liebhaber, zweifelhafte Eltern, versteckte Briefe, das klang ja wie ausgedacht für ein Proseminar in psychoanalytischer Literaturtheorie. Und so schwieg ich davon und schob die ganze Schuld auf die langjährige Dressur zu Liebesverzicht durch meinen Liebhaber, den ich allmählich zu verachten begann. Leos Verhalten fand Dr. Pieteriet bemerkenswert. Er fragte sich, ob nicht besser Leo an meiner statt hier sitzen sollte.

Abschließend versicherte mir mein Nervenarzt, dass ich binnen zwei, drei Jahren geheilt sein könnte. Auch sollte ich mir die Diagnose nicht zu sehr zu Herzen nehmen, da sie ja gerade auf dem dunkelfleckigen Gebiet der psychiatrischen Erkrankungen mitunter nur eine Annährung an das Leiden sei. Und ich touchierte und überschritt eben immer wieder die Grenzen zur Hypochondrie und generalisierten Angst- und Panikstörung, dazu kämen histrionische Persönlichkeitsmerkmale. Wobei er das Wort Merkmale sehr prononciert aussprach und damit andeuten wollte, dass ich keineswegs unter dem Vollbild dieser Persönlichkeitsstörung litt.

Als Mama mich ein einziges Mal besuchte, saß sie weinend auf dem Bett und hielt meine Hand. Sie hatte einen Rührkuchen gebacken und einen Strauß bunter Zinnien aus dem Garten gepflückt. Ab und an brachen sich im Tränenstrom Worte Bahn, kleine Trostfetzen, brüchige Aufmunterungen. Ich liebte sie in ihrer Hilflosigkeit, im Scheitern etwas retten zu wollen, das vor zu langer Zeit kaputtgegangen war. Und doch wusste ich, dass es einst gut gewesen war. Damals im Bauch, als Mama noch für mich mit atmete.

Papa brachte es nicht übers Herz, mich in einer Nervenheilanstalt zu besuchen. Aber die Großeltern kamen jedes Wochenende und versorgten mich mit frischen Lebensmitteln und familiärer Liebe.

Leo schrieb Mails, die ich nur überflog. Ich nahm beim müden Gleiten über die Zeilen Andeutungen von Bedauern über meinen Leib-Seele-Zustand wahr. Aber auch Klagen über meine Labilität, meinen Wankelmut und meine lebenspraktische Unfähigkeit, die nun mal leider, leider die Rückseite meines zerbrechlichen, zärtlichkeitsdürstenden Wesens sei. Zum Ausgleich nannte er sich einen Banausen in Seelenbegegnung. Einige Sätze jedoch waren Widerhaken, die sich nicht aus dem Bewusstsein lösen wollten, trotz medikamenteninduzierter Interesselosigkeit. *Deine Krankheit hat die wacklige Konstruktion unserer Geschichte zutage gefördert, wie der Abgrund aufreißt, wenn ich in meinen Kategorien gefangen bin und Du in Deinen und – man muss auch Mut zum Kitsch haben – wie die Hängebrücke plötzlich reißt.* Ich antwortete, dass ich im Moment zu beschäftigt sei mit Malen und Musizieren, dass ich aber grundsätzlich bereit sei, ihn loszulassen, ja, dass die Enden der Parabel, wo sich jeweils einer von uns befand, in unserem Fall eben nicht der Beginn einer Brücke (Kitsch!) gewesen seien.

Nach zweieinhalb Monaten verließ ich die Klinik, wissend, dass nichts und niemand an den stahlumantelten Nukleus meiner Seelennot herankam. Dr. Pieteriet empfahl mir dringend, eine ambulante Therapie in Angriff zu nehmen, aber das hätte bedeutet, Telefonate und Gespräche führen zu müssen, auf die ich keine Lust hatte. Verhaltenstherapeutische Versuche schlugen bereits in der Klinik fehl, und Psychoanalyse war für mich nichts anderes als eine Verlegenheitserfindung Sigmund Freuds aus Frust darüber, dass seine Neuronensuche erfolglos geblieben war. Ich fand Träume unbedeutend und Assoziationen beliebig. Eigentlich mochte ich Papa Freud, mich rührte sein ruheloses Forschen und die Nachsicht für noch so abseitige Symptome und Verhaltensweisen. In meiner Magisterarbeit wimmelte es wie in allen literaturwissenschaftlichen Magisterarbeiten der vergangenen Jahrzehnte von Freud'schen Verweisen und Zitaten. Aber es war ein Spiel, es war Fun, es war Eskapismus. Die Psychoanalyse war für mich also zu sehr mit Fiktion verknüpft, aber mein Leiden war ganz real.

Im Bücherregal des Gemeinschaftszimmers entdeckte ich kurz vor Ende meines Klinikaufenthaltes ein kleines Büchlein zum Zen-Buddhismus. Es war eine Einführung in Lehre und Praxis des Zen. Das Exemplar war ein wenig abgegriffen; offenbar hatten schon etliche Verzweifelte vor mir nach Rat in außereuropäischen Lehren gesucht. Meine Spiritualität beschränkte sich bislang auf das behutsame Anlegen eines Herbariums und den Rausch der Genügsamkeit, der in solchen Tätigkeiten liegt. Da mir aber die moderne Medizintechnik samt Schnittbildern von Kopf und Brustkorb tadellose Gesundheit bescheinigte, musste sich die Störquelle ja im Immateriellen befinden.

Ich blätterte das Buch auf und erwartete gelehrige Ratschläge zu gesunder Lebensführung, betuliche Mutmacher-Sprüche und mit dem Weichzeichner versehene Trost-Sentenzen. Ich bekam das exakte Gegenteil, und es traf mich mit voller Wucht: *Ich würde gerne irgendetwas anbieten, um dir zu helfen, aber im Zen haben wir überhaupt nichts.* Ich las den Satz mehrere Male und blickte dann vom Büchlein auf. Ich sah die langsamen Bewegungen meiner sedierten Kameraden, die sich mit verzögerten Gesten Kaffee oder Tee einschenkten und vorsichtig ihre Tassen zu den Tischen balancierten. Manche blätterten in Zeitungen, andere spielten Karten oder starrten vor sich her. Alle erwarteten sie Heilung, sofern sie noch hofften. Doch bevor ich ernsthaft darüber nachdachte, ob diese armen Wesen einem riesigen Schwindel aufsaßen und es ihnen bloß noch niemand gesagt hatte, dass ihnen nicht zu helfen war, begriff ich, dass diese Wahrheit unmöglich jedem zuzumuten war. Bei den meisten hätte es Empörung hervorgerufen, denn für die glasklare Botschaft dieses Ausspruches musste man bereit sein. Man musste sie annehmen wie ein Geschenk, das man sich nicht gewünscht hatte, das in gewisser Weise eine Bürde war. Es hieß, sich loszulösen aus den Fängen der Trost-Industrie. Es hieß, sich hinabzustürzen in die innerste Finsternis, einfach, weil es keinen Ort gab, an dem man besser zu sich kam.

Plötzlich war es, als gäbe es ein Leben vor und nach dem Spruch. Als hätte jemand die Reset-Taste gedrückt. Ich kramte mein Notizbuch hervor, in dem ich meine Therapieziele, meine Wünsche und Visionen eintragen sollte. Das Notizbuch blieb leer bis auf drei weitere tibetische Zitate, die ich aus dem Buch abschrieb:

Wer nicht siegen will, kann nicht verlieren.

Wenn du in einem Loch sitzt, musst du zuerst mit dem Graben aufhören.

Auf das Glück warten ist dasselbe wie auf den Tod warten.

Mehr brauchte ich nicht zu wissen. Mehr braucht niemand zu wissen.

15.

Ich entschied mich fürs Warten. Irgendwann würde die feindliche Übernahme unbekannter Invasoren in meinem Körper abgeschlossen sein und zurück bliebe ein leeres Gefäß, das wieder gefüllt werden konnte. Bis dahin galt es, einfach nur zu überleben.

Ich nahm Zettel und Stift und machte mich an die Inventur meiner Fähigkeiten. Ich kam nicht weit.

Auf der Haben-Seite standen mit Bestnote bewertete Essays über «Verrätselungen in Jacques Derridas Aufsatz ‹Die weiße Mythologie›» und zur «Schifffahrtsmetaphorik Hans Blumenbergs» sowie eine immerhin fast fertige Magisterarbeit zu den Begrifflichkeiten von Scham und Schuld. Mir dämmerte, dass ich damit in keiner Bewerbung würde triumphieren können. Was ferner fehlte: Auslandsaufenthalte, Praktika, fundierte Fremdsprachenkenntnisse, Selbstbewusstsein, vor allem aber: Kraft und Lust.

Ich dachte an die väterliche Werkstatt, und wie meine Kinderhände Zahnräder ins Uhrwerk gesetzt, Gewinde gedreht und Leinwände bespannt hatten. Wann und warum und wofür hatte ich diese Fähigkeiten verloren gegeben? Vielleicht ließ sich etwas retten.

Ich beschloss, Kupferstecherin zu werden. Oder Elektromechatronikerin. Oder besser Korbflechterin, denn in dieser Handwerkskunst hatte ich erst kürzlich in der Klapse neue Fertigkeiten erlangt.

Zuerst aber musste ich meine Magisterarbeit abschließen. Ich überblickte die Arbeit. Es war nicht mehr viel zu tun. Aber zu viel für mich. Ich fühlte mich wie auf den letzten hundert Metern eines Langlaufs. Ein Schritt, der mich dem Ziel näher brachte, war unerträglicher als der zurückliegende. Mich übermannte dieses übermächtige Bedürfnis, wenige Meter vor der Zielgeraden einfach zusammenzusacken und für immer liegen zu bleiben. Mit äußerster Mühe fügte ich einen Buchstaben an den nächsten. Mit fast gelähmter Hand blätterte ich Seite um Seite der Sekundärliteratur durch. Und viel zu oft und viel zu lange blieben die Finger auf der Tastatur liegen wie erlegtes Wild.

Ich ertappte mich dabei, wie ich mich in eine DDR-Existenz hineinfantasierte. Irgendwo in den Siebzigern in einer brandenburgischen Kleinstadt, mit einem guten Mann, der tagein, tagaus in sein graues Kombinat ging, zwei süßen Kindern, die von morgens bis nachmittags in einem überfüllten Kindergarten versorgt wurden, und einer Halbtagsarbeit als Sekretärin, vielleicht in einer Poliklinik. Ein ganz einfaches Leben. Ich wollte wie Mama sein.

Ich beschränkte meine aushäusigen Aktivitäten auf ein Minimum, versuchte aber, mich ein Mal pro Tag Licht und Luft auszusetzen und ansonsten nach einigen Stunden des Schreibens einen meditativen Dauerzustand zu erreichen. Nichts hoffen, denken und fühlen. Nichts anderes sein als ein Schatten mit Vitalfunktionen. Ich erinnerte mich ab und zu an meine Zen-Sprüche und daran, dass der Buddhismus keine Abkehr von weltlichen Dingen verlangte. Ganz im Gegenteil. Er verlangt sogar ausdrücklich die sorgfältige Erledigung alltäglicher Pflichten. Ich konnte also getrost im Internet herumvagabundieren. Zwar fehlten mir sogar dafür die nötigen Reserven, ich brachte es kaum fertig, einen längeren Text zu lesen, ich klickte ruhelos hin und her, aber immerhin wurde das Verlassenheitsgefühl ein wenig betäubt. Zumal ich seit einiger Zeit via Twitter kleine Botschaften mit einem Nutzer namens *Byron Bunch* austauschte.

Nach zwei Monaten trafen Mails von Leo ein. Zaghaft fragte er, wie es um mich stünde. Er hatte den Verdacht, damals nicht ganz den Ton getroffen zu haben, angesichts meines Zustandes. Er könne das nicht wieder rückgängig machen, aber er könne für mich kochen und mich ins Brandenburger Umland chauffieren. Wenn man die Nase in die Luft halte, könne man schon die Vorboten eines zauberhaften Frühlings wittern. Ich spürte keinen Stich, keine Regung, nur den dumpfen Nachhall gefallener Wörter. Aber ich hatte nichts zu verlieren, denn ich begehrte ihn nicht mehr. Also ließ ich es zu, ihn zu treffen. Es waren keine Begegnungen, es war sogar weniger als eine Annäherung. Wir verhielten uns wie zwei Tiere, die einander nicht trauen. Ich war das vorsichtigere, ich hatte eine Wunde, die ich nicht zeigen wollte. Gleichzeitig war ich aufmerksamer, die alten Angstreflexe waren noch aktiv, ein falsches Wort, und ich hätte vermutlich tödlich zugebissen.

Leo war ebenso vorsichtig, aber aus einem anderen Grund. Er bekundete zögerlich, dass ihm unsere Begegnungen gefehlt hätten. Er habe in den einsamen Nächten lange wach gelegen und seinem Herzen gelauscht. «Ich habe da einen Defekt», war seine Erkenntnis. Ich atmete durch und sagte: «Schon gut.»

Es gab keine Übertretung mehr. Es schien, als wolle Leo mich schonen, wie man einen moribunden Menschen schont. Statt Zumutungen war ein Anflug von Trauer in seinen Worten: «Er wird kommen, dein märkischer Erlöser», prophezeite Leo. Ich lächelte und hoffte es.

Wir umrundeten Seen, aßen regionale Küche und rieten Vögel am Himmel. Ich war von dem fürchterlichen Lyrica, das mich dumm und hässlich gemacht hatte, auf ein klassisches Antidepressivum umgestiegen, das für ein wenig Aufgeräumtheit sorgte. Das Symptom allerdings war nach wie vor da, drohend und zäh, wenn auch weniger aggressiv. Ich konnte es inzwischen in Schach halten, was jedoch fast so viel Kraft kostete wie ein Ausbruch. Immerhin, Leo schien nichts zu bemerken, er freute sich, dass es bergauf mit mir ging.

Nach weiteren zwei, drei Monaten stabilisierte sich Leo wieder. Die sanfte Trauer wich einer subtilen Gereiztheit. Vermutlich lag es am Sex, den ich über mich wie eine Pflichtübung ergehen ließ. In den medikamenteninduzierten Libidoschwund mischten sich Rachegedanken. Ich hatte einen dunklen, stillen Spaß daran, keinen Spaß zu haben. So, wie er mich über Jahre hinweg auf Distanz gehalten hatte, so höhlte ich nun die Substanz aus unserer Verbindung. Wir aber blieben beide wacker, keiner wollte zuerst den Kampfplatz verlassen.

Nun also wollte Leo mit mir nach Schweden. Ich stimmte zu. Vorher hatte ich allerdings noch etwas zu erledigen.

16.

«Und, wovon schweigt der Wald?»
«Von tausend Dingen. Nur das Flügelschlagen der Eulen und das Schnüren der Füchse dringen an mein Ohr.»
«Ich habe das Gewehr geschultert. Möchtest du mich auf den Hochsitz begleiten?»
«Ich weiß nicht, mir ist kalt. So kalt.»
«(Geht es dir gut? Trag nicht so schwer an den Dingen!)»
«(Danke, es geht. Naja, ein bisschen wenigstens. Bin jetzt müde.)»
«Gute Nacht, du junges Reh.»
«Gute Nacht! Ps. Werde ein paar Tage fort sein, zu Hause. Da, wo alles anfing.»

Dass ich Byron Bunch, dessen richtigen Namen ich nicht kannte, gegenüber mein Zuhause erwähnte, war eine kleine Abweichung unserer unausgesprochenen Übereinkunft, die feine Grenze zwischen Poesie und Privatheit nicht zu verletzen. Wenn es sich gar nicht vermeiden ließ, setzten wir Klammern um die Sätze. In letzter Zeit häuften sich die eingeklammerten Chat-Mitteilungen.

Mein erneuter Besuch zu Hause innerhalb von zwei Wochen, mochte Fragen aufwerfen. Falls ja, würde ich behaupten, dass ich mich kurz entschlossen für einen Foto-Preis bewerbe, es ginge um die Dokumentation der Herkunft und der Einsendeschluss sei bereits in wenigen Tagen.

Der ICE rauschte von Berlin durch die brandenburgischen Ebenen ins hügelige Thüringen hinein. Thüringen war eine imposante Schönheit, Brandenburg eine melancholische Waise. Ich wusste, wo ich hingehörte.

Da sah ich einen Zeppelin, der für einen Mobilfunkanbieter Werbung flog. Noch heute habe ich panische Furcht vor Zeppelinen. Sehe ich einen, verberge ich mein Gesicht in den Händen und bin wieder mit Großmutter auf dem Feld, sechsjährig und damit beschäftigt, Kartoffelkäfer in Einmachgläsern zu sammeln, um die Tierchen später mit brühendem Wasser zu vernichten. Ich knie auf Großmutters alter Strickjacke und verrichte mein mörderisches Tun, während sie gebückt Kartoffel um Kartoffel ausgräbt und in den großen geflochtenen Korb legt.

Wie lange wir schon observiert werden, wissen wir nicht, und viel zu spät erst bemerken wir das rollende Brummen; ich zuerst, und rufe erschrocken «Oma, da!», doch ehe sie sich aufrichten kann, klammere ich mich schon wimmernd und zitternd an ihrer Kittelschürze fest. Ich versuche, Augen und Ohren gleichzeitig zuzuhalten, und höre Großmutters Ausruf: «Grundgütiger!» Ein entsetzliches Flugobjekt steuert auf uns zu, mit nichts vergleichbar, was sonst über den Himmel zieht. Nicht vergleichbar mit den feuerwehrroten Doppeldeckern, die samstags über den Äckern kreisend ihre kanzerogene Fracht entleeren. Nur langsam kommt es näher – aber das ist kein Fliegen, das ist ein heimtückisches Gleiten. Als ich kurz hinschaue, kippt die propellerlose Schnauze nach vorn, und ich stoße einen kleinen spitzen Schrei aus. Großmutter versucht tröstende Worte, aber ich spüre nur ihre Furcht. Das Brummen wird monströs laut, und ich presse meine kleinen Hände fester an die Ohren, es hilft nichts, ich beginne zu weinen und Großmutter umfasst mit ihren Bäuerinnenhänden schützend meinen ganzen Kopf. Aus der Höhle von Großmutters Bauch, Brust und Armen heraus wage ich erneut einen Blick, aber da verdunkelt sich die Erde, und das Ungetüm begräbt uns in seinem Schatten. Wie am Firmament aufgespannt schwebt es über uns, und auf der Welt gibt es nur noch Großmutter und mich und diese namenlose Bedrohung. Schließlich zieht es ab Richtung Dorf, wo es die furchtlosen Menschen aus den Häusern und engen Schluchten der Gassen auf die freien Plätze lockt.

Mit überschlagender Stimme berichtete ich später zu Hause von unserem aeronautischen Schockerlebnis: «Und es flog ganz ohne Flügel.» Vater lachte und holte das Buch *Auf Luftpatrouille und Weltfahrt. Erlebnisse eines Zeppelinführers in Krieg und Frieden* von Leonhard Adelt aus dem Jahr 1936. Auf den Bildertafeln war es wieder da, groß und eigentümlich, doch ungleich faszinierender. Plötzlich war ich gefesselt, wollte alles wissen, und Vater klärte mich über Historie und technische Details der Heliumgiganten auf. Er erzählte von der Vision Ferdinand Graf von Zeppelins, den unzähligen Bruchlandungen, von Kriegseinsätzen und Liniendiensten, von der pompösen Ausstattung der Atlantikflieger und der finalen Tragödie von Lakehurst. Auf der Heckenflosse der *Hindenburg* entdeckte ich ein Logo, mehrfach gewinkelte Balken, lustig: ein eckiges Rad. Ich tippte darauf und fragte: «Ist das das Abzeichen vom Zeppelin?» Papa kräuselte die Stirn: «Nein, das ist das Abzeichen der Nazis. Das waren böse Menschen, die gab es zu der Zeit, als Oma und Opa geboren wurden. Aber die Nazis mochten die Zeppeline eigentlich nicht, und später haben sie sogar die gesamte Flotte zerstört. *Abwracken* nennt man das.» Ich bekam Mitleid mit den geschundenen, schwerfälligen Flugapparaten, die auch ein bisschen wie Wale aussahen. Und irgendwo hatte ich das Wort mit dem scharfen *z* in der Mitte schon mal gehört.

«Opa Heinrich war ein Nazi», fiel mir ein.

«Ja, aber ein schlechter», antwortete Papa.

Opa Heinrich war eigentlich der Opa von Papa und von 1939-1942 Bürgermeister in unserem Dorf. Es hieß immer, er habe aus «rechtschaffenen» Gründen seine Ämter niedergelegt. Er wurde alsbald in den Krieg eingezogen und kehrte 1946 zu Fuß aus Russland nach Hause zurück. Kaum angekommen, verhafteten ihn die Amerikaner, woraufhin meine Urgroßmutter Martha Veit, geborene Hoffmann, einen ganzen Tag lang regungslos auf einer Bank im Garten saß, die Hände im Schoß zu einem unaufhörlichen Gebet gefaltet und Richtung Gartentor starrte. Plötzlich löste sich eine Gestalt aus der Wildnis von Apfelbäumen und Johannisbeersträuchern, auf die Urgroßmutter manisch ihren Blick gerichtet hatte. Es war ihr Gatte Heinrich Veit, der langsam auf sie zugeschritten kam, gezeichnet von der zwölfstündigen Drohung einer Kriegsgefangenschaft, der sie schließlich schwach triumphierend in die Arme nahm und sagte: «Es ist vorbei.» Irgendjemand hatte sich für Urgroßvater eingesetzt, aber wir erfuhren nie, ob Urgroßvater ein Profiteur der Gerechtigkeit war oder bloß ein Davongekommener.

Während Papa und ich in geschichtlichen Diskursen vertieft waren und über aviatischer Literatur brüteten, lümmelte Mama auf der Couch und streichelte unsere Dackel, die Vorgänger von Justus und Hermann, die wir wenige Wochen zuvor in unsere Obhut genommen hatten. Die Tiere vergötterten Mama, denn sie war immer die Erste, die nachmittags nach Hause kam. Während Papa noch in der Werkstatt, die Großeltern in der LPG und ich im Hort waren, war es Mamas Haustürschlüssel, dessen Geklapper die Hunde vor Freude Purzelbäume schlagen ließ. Mama arbeitete halbtags als Sekretärin in der BHG. An ihrem ersten Arbeitstag rückte sie den Schreibtisch aus einem finsteren Winkel des kleinen Büros ans Fenster. So konnte sie die Lichtspiele im Kastaniengeäst beobachten. Bei der Arbeit war sie noch ungestörter als zu Hause. Der Leiter der örtlichen BHG, Klaus Sonntag, den es aus dem schönen Brandenburg in unser kleines thüringisches Dorf verschlagen hatte, kommentierte Mamas Studienabbruch mit den Worten: «Ick wees, mit jebrochnem Herz studiert sich's schlecht.» Manchmal stellte er ihr Nelken auf den Schreibtisch, und immer aßen sie um 14.00 Uhr, kurz vor Mamas Dienstschluss, ihren Rührkuchen zum Kaffee. Wenn sie die wenigen Schreibarbeiten und Rechnungsprüfungen erledigt hatte, schrieb sie hin und wieder Briefe nach Potsdam oder Luanda.

Tatsächlich wunderten sich alle ein bisschen über meinen Besuch, außer Mama, die irgendwie gelöst wirkte und mir sogar verschwörerisch zulächelte. Jedenfalls schien es mir so, und fast wollte ich ihr anbieten, gemeinsam nach Jan zu fahnden. Ein pikanter Mutter-Tochter-Komplott! Wir würden ihn uns dann teilen, und womöglich würden wir sogar eine richtige Familie werden. Aber was heißt fahnden? Sicher wusste Mutter, wo Jan war. Das hatte sie vermutlich immer gewusst.

Ein bisschen genauer als sonst beobachtete ich Papa. Es gab keinen Menschen, über den ich weniger wusste. Selbst über Jan wusste ich mehr. Von Papa gab es nun mal keine versteckten Briefe, und er tauchte immer nur als Statist in Mamas Aufzeichnungen auf. Alles, was ich wusste, war: Er wurde 1955 in Erfurt geboren, das Verhältnis zu seinen Eltern galt als schwierig, und ich erinnere mich an meine Großeltern väterlicherseits nur als graue Schemen, die komisch rochen und noch seltsamer sprachen. Es war der schlesische Dialekt, der in meinen Kinderohren bedrohlich befremdlich klang und die kühle Distanz nur vergrößerte. Irgendwann blieben auch die Pflichtbesuche aus und mit ihnen die zermürbende Stille beim Kaffeetrinken, die hin und wieder von einem schlesischen Gekreisch unterbrochen wurde.

Schon das Kennenlernen meiner Eltern liegt verschattet in wenigen Andeutungen verborgen. Es war immer von einem gemeinsamen Freund die Rede, über den die beiden sich begegnet waren, mit dem sie zu dritt Federball gespielt hatten, und davon, dass Mama abwechselnd mal auf dem einen, mal auf dem anderen Rücksitz der Mopeds über die Dörfer gebraust war. Was ich außerdem wusste, war, dass Papa von 1977–78 wegen versuchter Republikflucht in Haft gesessen hatte.

Papa hatte dunkles, kräftiges Haar, blaue Augen, er war groß und kräftig und hatte trotz seines Handwerkens immer penibel gepflegte und ohnehin sehr schöne Hände. Männlich, aber nicht feist, man konnte den Adern wie einer Spur auf dem glatten, nur seitlich leicht behaarten Handrücken folgen und landete schließlich an seinen ebenmäßigen Fingerkuppen mit den nahezu vollkommen geformten Nägeln. Schöne Hände wurden auch zu einem Hauptkriterium bei der Männerwahl. Fast noch vor dem Geruch. Kein noch so ansehnliches Gesicht, kein noch so anziehender Körper konnte mich derart bestechen wie markante, perfekte Männerhände. Und nichts konnte mich umgekehrt so abschrecken wie zu kleine oder zu klumpige Hände, zu kurze oder zu langgliedrige Finger und vor allem missratene Nägel. Mehr als einmal kam es vor, dass ich während einer Koitus-Anbahnungsphase mit einem gebildeten, gewitzten, charmanten, gut aussehenden Mann plötzlich die verunstalteten Hände wahrnahm und daraufhin Reißaus nahm.

Das wäre mir mit Papa sicher nicht passiert. Schöne Hände sind nicht nur das Ergebnis gewissenhafter Pflege, sie sind vielmehr ein Gottesgeschenk. War es womöglich dieses Empfinden, das Mama zu Papa hingezogen hatte, das ihr die Entscheidung gegen ihre große Liebe leichter gemacht hatte? Wenn ich nur jemanden hätte fragen können! Dies und so viel mehr. Immer wieder schlich ich in diesen Tagen mit der unausgesprochenen Bitte um Oma herum, meine Vermutungen zu bestätigen, Verdächtigungen zu entkräften und mich einzuweihen in die Mysterien meiner Familie. Es blieb beim Herumschleichen, obwohl Oma sogar fragte, ob ich etwas auf dem Herzen habe. Nichts, antwortete ich, nur das Übliche. Woraufhin Oma tief seufzte, sie wolle nie wieder jung sein.

17.

Ich beschloss, Viola Schwarz ihr Geheimwissen über meine Eltern zu entlocken. Ich wusste, dass sie und Mama in ihrer Jugend befreundet gewesen waren und dass irgendetwas das Band zwischen ihnen zerrissen hatte.

Sie bot mir einen Sherry als Begrüßungsgetränk an und schien nicht sonderlich verwundert über den Grund meines Besuchs. «Es ist verständlich, dass du Fragen zu deiner Herkunft hast.» Viola hielt inne, als hätte sie sich verschluckt. «Ich meine, deine Herkunft ist natürlich klar, aber deine Eltern sind nun mal ein wenig sonderbar. Da ist kein Rankommen. Sie erzählen nach wie vor nicht viel, nicht wahr?» Ich wusste, dass Viola ein loses Mundwerk hatte, das sich unter Alkoholeinfluss noch weiter lockerte, was meine detektivische Arbeit sicher erleichtern würde, aber dennoch wollte ich wachsam bleiben. Wer weiß, ob sie nicht in diese ganzen Verwicklungen verstrickt war, wer weiß, ob sie sich nicht schützen wollte, sich in ein günstiges Licht und meine Eltern in düstere Ecken rücken wollte? Wer weiß, ob nicht sie am Ende Lydia Noll umgebracht hatte? Eifersucht und Missgunst passten zu ihrem provinziell-exzentrischen Naturell. Ich wollte sie zunächst ein bisschen reden lassen.

«Weißt du, deine Mutter und ich waren schon in der Grundschule befreundet, aber erst in der Pubertät fanden wir richtig zueinander. Mir gefiel, dass sie irgendwie anders war als die anderen Mädchen. Nicht so dörflich, nicht so spießig und immer ein bisschen extravagant. Sie hatte schon mit zwölf angefangen, sich heimlich zu schminken, und ich weiß noch, wie deine Oma sie einmal ohrfeigte, als sie deine Mutter dabei erwischte, wie sie blauen Lidschatten auftrug. Aber deine Mutter hat sich nie von irgendwem etwas vorschreiben lassen, und deine Großeltern waren sowieso immer zu gutmütig, um etwas allzu streng durchzusetzen. Ganz im Gegenteil zu meinen Eltern, Gott war das immer ein Theater, wenn ich mal einen kurzen Rock trug.» So ging das eine Weile weiter, ohne dass ich eine Puls steigernde Neuigkeit erfahren hätte. «Deine Mutter war ziemlich begehrt bei den Männern, ich eigentlich auch, aber ich war ja damals schon fest mit meinem späteren Ehemann zusammen, eine einzige Katastrophe, sag ich dir, aber so war das eben damals, ich war so erzogen, dass man sich nicht trennt, wenn man schon verlobt ist, und die ersten Jahre waren ja auch ganz schön, aber später, als es schlimmer wurde, fehlte mir der Mut. Und ich hätte es schon wegen meiner Eltern nicht gewagt, mich zu trennen. Die meinten, er sei ein guter Schwiegersohn und basta! Deine Mutter war da ganz anders. Die mutete ihren Eltern einen aus der Pajak-Familie zu. Du weißt ja, dass die immer als spinnert galten, und dann die ganzen Gerüchte! Jedenfalls waren deine Großeltern immer gegen diese Beziehung, aber deine Mutter hat zu ihm gehalten. Lange.» Viola machte eine Pause, nahm einen Schluck Sherry, und auch ich hielt inne und spürte, dass jetzt etwas Entscheidendes über Violas Lippen kommen würde. «Und dann brachte der Pajak eines Tages deinen Vater mit in unsere Truppe.» Meine Augen rissen auf. «Ja, die hatten sich beim Wehrdienst angefreundet. Ganz dicke Kumpels waren die damals. Warte mal!»

Viola stand auf, ging zur weißen Schrankwand und holte ein Fotoalbum. «Hier», sie zeigte auf ein Schwarz-Weiß-Foto, auf dem mein Vater und Jan Arm in Arm mit Zigaretten im Mundwinkel eine coole Pose probten. Viola blätterte um und tippte auf ein weiteres Foto. Jan und Papa und in ihrer Mitte meine Mama, strahlend, jeweils einen Arm um einen Mann gelegt. «War klar, dass das nicht ewig gut gehen würde, dein Vater verliebte sich in deine Mutter, und wenig später war Pajak ja auch verschwunden.»

Viola zog intensiv an ihrer Mercedes und sagte eine Weile nichts. Sie sah mich nicht an, sie starrte vor sich hin und schien weit in die Erinnerung zurückkatapultiert worden zu sein. «Aber er kam ein Mal für kurze Zeit zurück. Seine Eltern starben ja kurz hintereinander, ich glaube im Frühjahr 1979.» Viola machte erneut eine Pause und schielte zu mir herüber. Raffiniert, dachte ich, aber so lange brauche ich nicht. Macht neun Monate bis zum Dezember, bis zu meinem Geburtstag.

«Ich weiß noch, wie wir ungefähr zwei Jahre vorher zusammengesessen haben, ich, deine Mutter, dein Vater, Pajak und ein paar andere. Damals war die Stimmung schon nicht mehr so ausgelassen, und Pajak erzählte, dass er sich bei der NVA verpflichten wolle. Aber es wurde schon bald gemunkelt, dass es irgendwas mit Stasi war. Wir konnten das alle nicht verstehen, es hat überhaupt nicht zu Pajak gepasst. Wer weiß, womit sie ihn geködert haben. Jedenfalls sind uns allen damals die Mäuler runtergeklappt, und deine Mutter ist plötzlich heulend losgerannt. Ich bin ihr noch hinterher, aber sie hat sich losgerissen und allein sein wollen. Dann begannen die Jungs, auf Pajak einzudreschen. Ob er noch alle Tassen im

Schrank hätte und so weiter.» Jetzt sah mich Viola an, ich blickte bedächtig nickend zurück. «Weißt du, wir waren nicht sonderlich politisch, aber wir wollten auch nie etwas mit der Partei und dem ganzen Mist zu tun haben. Wir waren jung und wollten tanzen und Moped fahren.» Viola schenkte mir Sherry nach, und ich sah durch die bernsteinschimmernde Flüssigkeit hindurch ins Nichts.

«Ein paar Monate, nachdem Pajak weg war, wurde dein Vater verhaftet, angeblich wollte er fliehen. Ich meine, er wollte wirklich immer in den Westen, aber zu dem Zeitpunkt war er doch schon mit deiner Mutter zusammen, er hätte sie nie allein zurückgelassen. Und dann kamen die einfach eines Morgens, nahmen ihn fest und steckten ihn für ein Jahr in den Bau. Einige Monate, nachdem er draußen war, haben deine Eltern geheiratet und wenig später wurdest du geboren.» Viola atmete aus und tätschelte mein Knie. «Tut mir leid, Süße, aber mehr weiß ich nicht.»

Das glaubte ich ihr zwar nicht, aber ich dankte und versuchte, das Gespräch nun in eine unverfänglichere Richtung zu lenken. Viola ging jedoch nicht sofort darauf ein, sondern fragte mit einem gewissen Unterton, ob ich nicht doch aus einem «ganz bestimmten Grund» hier sei. Ich verneinte nicht allzu energisch und fragte, was sie damit meine. «Ach, nichts, nichts weiter.»

Zu Hause zockte ich eine Weile mit meinen Brüdern an der Playstation, war aber chancenlos, gab mich geschlagen, keilte ein bisschen mit ihnen herum und schickte sie alleine in die Schlacht um Mittelerde zurück. Ich beobachtete sie dabei und bedauerte, dass ich ihr Aufwachsen verpasst hatte. Als sie in die Welt glitten, ging ich gerade in die Welt hinaus. Meine Brüder ähnelten niemandem. Aber sie hatten das dunkle Haar von Papa geerbt, und ich erinnerte mich, wie stolz er nach ihrer Geburt gewesen war. Nie wieder sah ich unseren Vater so glücklich, zärtlich und gerührt wie in den ersten Wochen nach ihrer Geburt. Die Zwillinge waren so winzig, dass er beide in einem Arm wiegen konnte und mit der anderen Hand ihre Nasen stupsen, ihre Bäuchlein massieren und ihre Füßchen streicheln konnte. Vielleicht hoffte er damals, dass nun, nach über zwanzig Jahren, endlich alles gut würde.

Das Gespräch mit Viola führte auf eine Fährte, die in einer noch größeren Ungewissheit endete. Plötzlich empfand ich so schmerzliches Mitleid mit Papa, dass ich zu weinen anfing. Ich sah ihn in all seiner Hilflosigkeit, rücksichtslos umhergestoßen von einem grausamen System, vermutlich verraten von einem Freund und ersatzgeliebt von einer Frau, die nicht von seinem Widersacher lassen konnte. Und ich würde dieses teuflische Komplott vollenden, indem ich den Mann, der für sein Elend verantwortlich war, ausfindig machen und womöglich bei ihm bleiben wollte. Mich überkam eine zerstörerische Scham und schließlich eine maßlose Wut auf Jan Pajak. Meine Gründe, ihn finden zu wollen, verkehrten sich ins Gegenteil. Es ging nicht mehr um mich, nicht um Mama, es ging nur noch darum, Papa zu rächen.

Tränennass, verschwitzt und unruhig schlief ich ein, und als ich aufwachte, war alles wie immer. Es ging um mich, es ging um Mama, es ging um Jan, und Papa war verlassener denn je.

18.

Ich verstand die Briefe nach Violas Erzählungen besser, ich konnte nun einige Fäden miteinander verknüpfen. Ein früherer Brief Jans gab mir jedoch nach wie vor Rätsel auf.

P., 6. Februar 1978

Hanna,
tut mir leid, dass unsere Wiederbegegnung so unglücklich verlaufen ist. Dass ich wortlos wieder fuhr und Dir auch jetzt nichts sagen kann. Da sind auf der einen Seite Du und Burkhard, und ich weiß nicht, ob da was läuft, und vor allem weiß ich nicht, was ich fühle. Ich spüre nach und spüre nichts. Ich weiß nur, ich war nicht Dein Erster, ich werde nicht Dein Letzter gewesen sein. Und da sind auf der anderen Seite meine Alten, diese Abkömmlinge der Hölle. Eines musst Du wissen: Es gibt einen Raum in dem Haus, wenn Du ihn sehen würdest, dann würdest Du mich vielleicht verstehen… Findest Du es nicht auch merkwürdig, dass unser Dorf Schwaiga heißt? Dabei stammt das einfach nur vom althochdeutschen Wort für Weide ab. Stand jedenfalls mal im Gemeindeanzeiger. --- Ach, verdammt, ich glaube, ich muss raus. Weg von allem. Auch weg von Dir. Ich tue Dir nicht gut. Noch ein paar Monate hier abbuckeln, dann gibt es Möglichkeiten… ---

Ich würde so gerne sagen: Ich ziehe los wie ein mittelalterlicher Held, führe meine Kriege und hoffe, Du wartest auf mich. Aber ich tauge nicht zum liebenden Rebellen.
Wenn Du mir einen Gefallen tun könntest: Verbrenne bitte diesen Brief.

J.

Um den düsteren Andeutungen auf die Spur zu kommen, musste ich zur Brandstatt zurück.

Ich erinnerte mich an das, was man sich so erzählte. Dass Jan Pajak als letztes von vier Kindern der Eheleute Minna und Kurt Pajak am 29. Mai 1953 in Schwaiga auf der Brandstatt geboren wurde. Die Geschwister Hulda, Karl und Werner flohen früh vom elterlichen Hof und ließen den Nachzügler Jan allein mit einem Vater zurück, der kranke Tiere mit einer Eisenstange erschlug, einer Mutter, deren vorzeitig ergrauter Dutt am Kopf festgewachsen schien, einer Urgroßmutter, deren schwarze Galle aus ihrem Körper stank, und einer Großmutter, die so gutmütig wie dumm war. Die Bauersleute gingen morgens gemeinsam in die LPG, verrichteten ihre Arbeit und gingen am späten Nachmittag gemeinsam wieder nach Hause.

Kurt Pajak, der zäh, verbissen und stieren Blicks die Futteranlagen abschritt, die Hergänge kontrollierte und stumm das Vieh versorgte, hatte den Spitznamen Kalter Hund. Seiner Frau grub die Sonne während der Ernte Furchen um die ungewöhnlich kleinen und runden Höhlen, in denen die Augen wie milchglasige Murmeln rollten. Dem Gezeter und Gerede der Bäuerinnen steuerte sie nur endzeitliches Gekeife bei, und wenn die Bäuerinnen, angeekelt von den Feldmäusen, aufsprangen, lachte sie ein fahrig-hohes Lachen, als würden ihre Stimmbänder gezwirbelt. Das Kind Jan suchte immer Schutz am weichen Leib der Großmutter.

Familie Pajak. Haus und Hof und Arbeit.

Das war es, was jedermann wissen konnte.

Mit Dietrich, Bolzenschneider, Sichel, Brechstange, Mundschutz, Taschenlampe und Kamera bewaffnet, machte ich mich gegen Mittag auf den Weg.

Jan Pajak war damals ziemlich überstürzt verschwunden, es hieß zwar immer mal wieder, dass er gesichtet worden sei, aber allzu viel konnte in dem Haus nicht verändert worden sein. Irgendwann waren die Fenster im ersten Stock des kleinen Hauses von einem Handwerker mit Brettern vernagelt worden.

Ich fuhr mit dem Rad und mit einem schweren Rucksack wie zu einem Kampfeinsatz zunächst zu meinem alten Beobachtungsposten, dem Saulushügel. Alles war unverändert, die Birken, die Kornblumen und der Wind, der hier immer ein wenig stärker wehte. Ich lehnte mich an den Baum und sah durch das Fernglas. Im Sommer 1993 hatte ich gesehen, wie Mama zweimal das Grundstück betreten und verlassen hatte. Von hier aus konnte man den Pfad durch das Korn sehen, der vor der Haustür endete. Die Haustür selbst war allerdings von diesem Punkt aus nicht einsehbar, da man von hier aus nur die Rückseite des Hauses mit dem düsteren Vorbau und dem riesigen, eingezäunten Garten sowie die Stallungen erblickte. Ich konnte also nie beobachten, wie und ob Jan Mama begrüßte. Öffnete er ihr die Tür, küssten sie sich zur Begrüßung, oder hatte sie gar das Vorzugsrecht, das Haus unangemeldet zu betreten? Das ließ sich auch nicht von einer günstigeren Stelle ausspionieren, da nur dieser eine Weg zum Grundstück führte und man sich andernfalls der Gefahr ausgesetzt hätte, entdeckt zu werden. Aber ich war schon damals eine umsichtige Detektivin.

Jetzt sah ich nur einen maroden Lattenzaun und dahinter einen Urwald. Das Dach ragte kaum über das Gewächs aus wuchernden Sträuchern, Bäumen und Ranken hinaus. Ich würde ein paar Latten herausbrechen und mich notfalls mit der Sichel durch den Dschungel schlagen. Dann würde ich mit der Brechstange die Bretter von einem der Fenster entfernen, das Glas zerschlagen und ins Haus klettern. Den weniger beschwerlichen Einbruch durch die Haustür mied ich, weil dort der Weg weiterführte.

Nach einigen mühsamen Kraftakten stand ich im Vorbau, genau wie sechzehn Jahre zuvor. Die Luft war trotz Atemschutz unerträglich, und ich musste mehrfach zum Durchatmen an das zerstörte Fenster. Ich hustete, spürte, wie meine Nase zuschwoll, und bekam Panik, ob ich mein Projekt unter diesen Atembedingungen überhaupt verwirklichen konnte. Am besten würde ich im oberen Stockwerk beginnen, da ließen sich die Fenster öffnen, und vielleicht würde in der Zwischenzeit ausreichend frische Luft durch den Fensterspalt fließen. Also ging ich benommen und sehr vorsichtig, der Spur des Taschenlampenlichts folgend, die Treppe hinauf. Auch damals war es bei meinem Treppenaufstieg stockfinster gewesen, ich hatte also etwas Übung in dieser Disziplin. Nur, dass damals Jan dicht hinter mir gegangen war, jederzeit bereit, einen Sturz abzufangen.

Als ich die letzte Stufe erklommen hatte, tastete ich nach einem Türgriff. Meiner Erinnerung nach befand sich direkt an der Treppe das Zimmer, in dem Jan und ich einander verletzt hatten, bewusstlos gewesen waren und wo ich ihn zurückgelassen hatte. Tatsächlich fand meine Hand das kalte Stück Messing, das sich mit einem lauten Klacken herunterdrücken ließ. Der erstickende Gestank der Muffigkeit war unerträglich. Ich eilte zum Fenster, zog die staubschweren Vorhänge auf ihren quietschenden Schienen zur Seite und riss die Fensterflügel auseinander. Man sah von hier aus auf ein unbeackertes Feld, das von einer langen Reihe Pappeln flankiert wurde, die bis zum Horizont reichte, weitere Felder durchschnitt und irgendwann den Anfang eines weiteren Dorfes markierte. Ich drehte mich um und sah zum ersten Mal den Ort meiner provozierten Schändung im Tageslicht. In dem ungefähr fünfzehn Quadratmeter großen Raum stand ein riesiger Holzschrank, der die gesamte Wand einnahm. Auf der anderen Seite befand sich eine SprelaCart-Kommode, auf der einige Porzellandöschen sowie ein erblindeter Spiegel standen. Direkt davor befand sich ein Stuhl. Offensichtlich hatte dieses Möbelstück einst als Frisiertisch gedient. Zwischen Schrank und Kommode stand mit dem Kopfteil zur Wand das Bett. Es musste, wie die Kommode, aus den 60er/70er-Jahren der DDR stammen. Kopfteil und Fußende waren aus mit Kunstharz überzogenen hellbraunen Pressspannplatten gefertigt, und unter der Staubschmiere ließ sich die ehemals glänzende Oberfläche erahnen.

Ich schritt auf das Ehebett zu und sah das zerwühlte

weiße Laken, die zerknautschten weißen Kissen und aufgeworfenen weißen Decken. Als hätte sich ein Paar darin geliebt. Vorsichtig, als würde ich mich einem Siechenden nähern, setzte ich mich auf die Kante. Dann strich ich behutsam über das Bettzeug, sah den Staub aufsteigen und sah, wie sich darunter meine spätkindlichen Körperkonturen emporhoben. Der Kopf, die leicht verdrehten Arme, das schmale Schulterblatt, den zarten Hüftknochen und die angewinkelten Beine. An der Stelle, an der Jan damals mühsam aus seiner Erregung zur Ruhe gefunden hatte, war nichts als ein dunkler Schatten. Ich lehnte mich an das Fußteil, zog die Beine an, ließ den Kopf auf die Knie sinken und empfand nichts.

Ich hätte gerne um das Kind geweint, das da gelegen hatte, hingeschleudert und befleckt, aber ich wusste, das es damals bereits kein Kind mehr gewesen war, sondern ein verirrter, hilfloser Dämon. Ich stand vom Bett auf und besann mich wieder auf meine Mission. Da sie nur ein vages Ziel hatte, ließ ich mich von meiner Neugier von einem Gegenstand zum nächsten treiben. In den Porzellanschatullen befanden sich ein paar Schmuckstücke, oxidiert und von unbestimmbarem Wert. Die Schubladen waren leer bis auf ein paar Haarnadeln, Florena-Cremedöschen und Melkfett-Tiegel.

Der Kleiderschrank war ebenso unspektakulär, ein paar Kittelschürzen, Arbeitshosen, Arbeitshemden, Strickpullover und zwei dunkle Mäntel hingen auf Kleiderbügeln und stanken nach Abwesenheit und Vergessen. Sie mussten Jans Eltern gehört haben. Da ich die Ablage nicht einsehen konnte, tastete ich mit der Hand auf dem Brett entlang und stieß dabei an einen Karton. Ich stieg auf den Stuhl und entdeckte zwei weitere Schachteln. Alle drei waren aus grauer Pappe und an den Kanten mit Klammern zusammengeheftet, deren Rost in einem feinen Rinnsal bräunlich unter der klebrigen Staubschicht entlangrann. Ich wog sie zuerst zaghaft in der Hand und schüttelte sie ein wenig. Demnach konnten sich nur leichtgewichtige Kleinigkeiten in den Schachteln verbergen. Zuerst hob ich den Deckel des Schuhkartons, Marke Salamander. Auf dem wellig-rissigen Etikett war ein praktischer Damen-Halbschuh der Größe 41 abgebildet, der schon zu seiner Zeit weder modisch noch attraktiv gewesen sein konnte. In dem Schuhkarton befanden sich zwei leere Ausweishüllen, vier leere Briefumschläge und drei leere Streichholzschächtelchen. Die Ausweishüllen waren brüchig und vergilbt. Ich hielt sie gegen das Licht und entdeckte Fingerabdrücke. Auf jedem Briefumschlag stand mit der wackligen Handschrift eines mutmaßlich älteren Menschen «10 Mark». Auch in den beiden anderen Schachteln befanden sich lediglich unbeseelte Dinge. Abgebrochene Bleistifte, klemmende Kugelschreiber, unbeschriebene Blankopostkarten, ein leeres Haushaltsbuch, weiße Haushaltskerzen, ein Stempelkissen, lose Reißnägel, ein Döschen Tiger-Balsam und zwei kleine Bilderrahmen ohne Fotos.

Ich konnte mich nicht entscheiden, ob ich diese stummen Dinge als besonders rätselhaft oder besonders nichtssagend empfinden sollte, und fotografierte zunächst meinen Fund. Auf dem Kamera-Display wirkte die Anordnung dieser miefigen Gegenstände jedoch wie eine Inventur und gab ihnen den spröden Reiz von Sachlichkeit.

Die nächsten beiden Zimmer lagen auf dem Gang

zum Dachboden. Das erste war mit einem beige-braun gestreiften Klappsofa bestückt, einem Tisch, Stühlen und einer Vitrine, in der sich verschiedene Gläser und kleinere Porzellanfiguren befanden: ein weißes Reh, ein weißer Geißbock im Moment des Sprungs, ein Collie in originalgetreuer Farblasur und ein schwarzes Vögelchen, dem die Schwanzfedern abgebrochen waren. Über dem Sofa hing ein goldgerahmtes Bild, das fast die gesamte Sofabreite maß. Darauf war eine Versammlung von sieben Engeln zu sehen, die mit gefalteten Händen auf ein Neugeborenes in einem Weidenkörbchen herabsahen. Die Engel trugen wallende Gewänder, rosafarben, türkis, gelb und halb durchscheinend. Den Hintergrund der Szenerie bildete eine violett leuchtende Bergkette, und über allem lag die ätherische Leichtigkeit des Kitsches.

Auch im nächsten Zimmer, das bedeutend kleiner war und in dem lediglich ein Bett, ein Nachttischschränkchen und eine Kommode standen, fanden sich keine Dinge, die tiefere Geheimnisse enthüllten. Nichts als modriger Tand, wertlose Reliquien eines kalten, erstarrten Lebens. Aber jedes Mal, wenn ich ein Foto machte, geschah das Gleiche: Die Dinge bekamen eine Bedeutung. Ich wusste nur noch nicht, welche.

Nach der Inspektion der Räume blieb noch ein Ort, und je näher ich ihm kam, desto mulmiger wurde mir. Ein Gemisch aus nervöser Neugier und schaler Erinnerung. Ich musste jetzt nur einen Schritt um die Ecke des Ganges machen, und dann würde ich vor der kleinen Treppe stehen, die zur Tür des Dachbodens führte. Doch als ich diesen Schritt tat, stand ich vor einer weiteren Tür. Sie befand sich seitlich des Dachbodenaufganges. Als Jan mich damals durch das finstere Haus geleitet hatte, hatten sich die anderen beiden Zimmer zumindest durch die winzig-zarten Lichtflimmer an den Rändern der schwereren Flurvorhänge erahnen lassen. In diesen finsteren Winkel hier fiel jedoch kein Schimmer. Und auch jetzt mit aufgezogenen Vorhängen zeichnete sich nur vage eine Tür ab, die eine andere Form und Gestalt als die übrigen hatte, die in einem rostroten Ton gestrichen waren. Diese hier aber war unlasiert, pures Holz, und wie ich jetzt im Schein der Taschenlampe sah, aus mehreren unterschiedlichen Brettern zusammengenagelt. Der Rahmen war auch bedeutend kleiner, ein ausgewachsener Mensch musste beim Eintritt den Kopf einziehen.

Ich hatte keine andere Wahl, ich drückte die Klinke herunter. Die Tür war verschlossen. Es war ein altes Buntbartschloss, und falls sich kein komplizierter Mechanismus darin verbarg, sollte sich das Schloss mit dem Dietrich leicht öffnen lassen. Ich brauchte nur zwei Versuche, und schon schnappten das Schloss und mit ihm die Tür auf. Nur wenige Zentimeter, aber ich spürte, wie sich der Schrecken flirrend über meine Haut zog. Ein unsäglicher Geruch, nicht so intensiv wie ein Gestank, eher fein, aber unerbittlich durchdringend, trat aus dem dunklen Spalt. Ich trat vorsichtig gegen die Tür, und knarzend öffnete sie sich einen halben Meter. Etwas hielt mich davon ab, den weißen Lichtkegel der Taschenlampe in diese Dunkelheit zu schicken. Ich tastete nach einem Lichtschalter, fand aber keinen. Noch immer hatte ich mich nicht über die Schwelle gewagt. So stand ich, in Montur und Ausrüstung einer einsamen Kämpferin, furchtsam vor einer verborgenen Tür in einem verfluchten Haus und wagte den Schritt nicht. Die Augen versuchten immer wieder, einen Punkt in der Finsternis zu orten, etwas, das verriet, welcher Art dieser Raum hier war und ob es sich überhaupt um einen Raum handelte. Womöglich schritt man über die Schwelle, stürzte in einen Kerker und landete auf knirschenden Knochen. Lydia!, schoss es mir in den Kopf. Ich trat zwei Schritte zurück ins Licht, das inzwischen nachmittäglich satt den staubigen Flur ausleuchtete. Ich drehte den Kopf der Wand zu und sah einen übergroßen Schatten. Das war ich, und ich hätte meinen Schatten gerne vorausgeschickt in die Finsternis. Es beruhigte mich einen Moment, als ich mich erinnerte, dass die Polizei damals vor sechzehn Jahren Haus und Gelände untersucht hatte und Lydias Leichnam schließlich nicht aufgetaucht war. Was aber, wenn die Polizei diesen Raum gar nicht hatte finden können?

Ich ließ den Lichtschein der Taschenlampe über die Wand streichen, und tatsächlich befanden sich dort Reste von Gipskartonplatten, Steinwolle und Bohrlöcher. Jemand hatte eine eingezogene Wand entfernt. Für mein Seelenheil wäre es jetzt entscheidend gewesen, ob es die Polizei oder jemand anderes gewesen war. Jemand, der um das gespenstische Geheimnis dieses Raumes wusste. *Es gibt einen Raum in dem Haus, wenn du ihn sehen würdest, dann würdest du mich vielleicht verstehen.*

Ich wollte es wissen. Ich ging auf die Tür zu, trat noch einmal kräftiger dagegen, schickte einen Lichtstrahl hinein, sah, dass hinter der Schwelle fester Boden war, und trat ein. Zunächst suchte ich wieder einen Lichtschalter, fand keinen und machte mich auf die Suche nach einem Fenster. Doch obwohl ich die Wände Zentimeter für Zentimeter absuchte, gab es dort nichts als feuchte, schimmlige, moosgrüne Tapete. Dies war ein fenster- und lichtloses Verließ.

Und jetzt sah ich im Kegel des Taschenlampenlichts in einer Ecke ein Bett stehen. Es war ein Kinderbett. Darin lagen eine verschimmelte Matratze und eine hellblaue verdreckte Mollidecke. Neben dem Bett befand sich ein emaillierter Nachttopf, der vom Rost zerfressen war. Der Lichtkegel wanderte weiter und fiel auf einen Stuhl. Er war im Verhältnis zum Bett größer, klobig, mit breiten Armlehnen. Ich trat ein Stück näher und sah, dass am Ende der Lehnen Lederriemen angebracht waren. Ich verstand.

Zitternd suchte ich den Raum noch weiter ab, aber es gab darin nichts als dieses beklemmende Mobiliar. Langsam ging ich aus dem Raum hinaus und ließ mich an der Wand zum Dachboden herabgleiten. Ich schloss die Augen und hoffte auf Tränen, aber meine Augäpfel lagen in trockenen Mulden, ich versuchte zu schlucken, aber die Kehle war ein verdorrter Schlund, ich wollte durchatmen, aber die Nasengänge waren verschwollen und verkrustet. Doch zusammenbrechen konnte ich später immer noch, also raffte ich mich auf, hielt die Kamera in den schwarzen Raum und drückte ab. Die überstrahlten Fotos offenbarten das ganze Elend. Den Schmutz, die Verdammnis, die Verachtung.

Was konnte mich schon Schlimmeres bei meiner Wiederkehr auf den Dachboden erwarten? Zumal mein Eifer Leere, Müdigkeit und Lähmung gewichen war. Es ging nur noch darum, das hier zu Ende zu bringen.

Ich öffnete den Riegel, und wie damals gleißte das Tageslicht wie aus Scheinwerfern. Ich ging die Treppe hinauf, und mir wurde bewusst, dass der Dachboden der einzige Raum mit ausreichend Licht in diesem verwünschten Haus war. An der Giebelseite befand sich ein Fenster, das bis zum Boden reichte, und neben vier Dachluken gab es zu jeder Seite des Spitzdaches ein größeres Fenster. Wie sechzehn Jahre zuvor trat ich in die Lichtsäule und blickte zu dem Stuhl, der jetzt unbesetzt und wie von Asche eingeregnet war. Ich sah mich um, der ganze Dachboden war versengtes Terrain. Wahrscheinlich war er das damals schon gewesen, aber mir entglitt die Erinnerung, immer und immer wieder, und ich spürte, dass ich plötzlich einen weiteren Kampf führen musste, den gegen meine schwelende Lethargie. Vielleicht lag es an der schlechten Luft, die mich von Zimmer zu Zimmer müder werden ließ, wahrscheinlicher aber war, dass mich eine Schockstarre betäubt hatte.

Jeder weitere Handgriff wurde zur zermürbenden Pflichtübung. Ich suchte die abgedeckten Möbel ab, öffnete quietschende Schubladen, auch die, aus der Jan damals die Waffe hervorgeholt hatte, tastete Regalbretter ab und öffnete schließlich die bunt verzierte Truhe, die einst die Schatulle mit dem mysteriösen Amulett geborgen hatte. Die Truhe war leer. Erschöpft ließ ich den Deckel fallen. Jemand hatte gut aufgeräumt.

Ich machte noch ein paar Fotos, dann stieg ich vom Dachboden herab, vorbei an der Schreckenskammer, den drei Zimmern, ging eilig die Treppe herunter und rannte die letzten Schritte durch den Vorbau ans erlösende Fenster. Nach ein paar Atemzügen frischer Luft drehte ich mich zum Raum um. Die Sonne stand inzwischen so tief, dass ihr Licht durch das eingeschlagene Fenster wie in eine Camera obscura fiel und sich an der gegenüberliegenden Wand ein Feuermal bildete. Auch in diesem Raum gab es nichts zu entdecken, alle Fährten waren beseitigt. Ich schickte meinen Blick noch ein letztes Mal herum, und da blieb er an etwas Funkelndem hängen. Ich trat zum Schreibtisch und entdeckte eine schwarze Haarklemme, besetzt mit einem türkisfarbenen Steinchen. Mama war also auch noch einmal hier gewesen. Womöglich hatte sie sich mit dem Schlüssel Zutritt verschafft. Ich hatte ihr die Haarspangen zusammen mit einer Schildpatt-Imitat-Bürste und einem edlen Shampoo vor einigen Jahren zum Geburtstag geschickt. Ich liebte ihr Haar.

Ach, Mama, seufzte ich. Mama. Alles habe ich von dir. Du bist mein dunkler Zwilling. Wir waren eins, und du hättest mich behalten sollen, anstatt mich der Welt auszuliefern. Ich liebe dich mehr als irgendjemanden sonst auf der Welt. Wenn mein Körper schmerzt, dann weiß ich, dass du leidest. Mein Körper schmerzt beinah täglich. Ich habe immer an der Stelle Schmerzen, wo die Flügelchen sitzen müssten, wenn ich ein Engel wäre. Ich nenne es meinen Flügelschmerz.

Wir sind allein, du und ich. Ich kann manchmal nicht glauben, dass ein Mann dir alles genommen hat. Jan und du. Aber Mama, man kann doch nicht nur eine Option im Leben haben! Ich würde die Liebe dieses Mannes gegen deine eintauschen, ja. Ich sage das alles, Mama, und wünschte, es wäre nicht so, aber auch ich weiß, dass ich nie etwas anderes sein wollte als ein kleines schwarzes Tier in der Armbeuge von Jan Pajak.

19.

Im Nachhinein mag es fahrlässig gewesen sein, die Fotos von meinem Rundgang durch die finstere Galerie der Brandstatt online gestellt zu haben. Nicht, weil die Chance, dass jemand die Quelle identifizieren würde, allzu groß gewesen wäre, sondern, weil damit etwas unumkehrbar in der Welt war, das für alle Zeiten dem Zugriff der Welt hatte verschlossen bleiben sollen. Die Zurschaustellung war eine Entweihung, aber dieser Ort hatte es nun mal nicht verdient, gewürdigt zu werden. Die Bilder vermochten meine Absicht jedoch nicht widerzuspiegeln. Sie wirkten melancholisch, unschuldig, harmlos, vertraut.

Ich wählte sieben Motive: das Häuschen aus der Ferne, wie es sich inmitten des meterhohen Gestrüpps kaum erahnen lässt, die Vorhänge im Schlafzimmer, und wie das Licht in kleinen Garben durch den orangebraunen Stoff fällt, die zerwühlten, weißen Laken, die Schuhkartons, das schwarze Porzellanvögelchen mit dem gebrochenen Flügel, den Staubteppich auf dem Dachboden, auf dem sich die Schatten des Inventars wie Scherenschnitte abzeichneten, sowie einen verdorrten Strauß Kornblumen in einem blauen, weiß gepunkteten Krug.

Byron Bunch fragte, ob ich meiner Familie eine gute Tochter gewesen sei, und setzte ein entlastendes Zwinker-Emoticon, ohne das ich die Frage seltsam zudringlich empfunden hätte. Ich antwortete, ebenfalls zwinkernd, dass ich wohl eher eine abtrünnige Tochter abtrünniger Eltern sei und dass es sich um Abschiedsbesuche handele. Den Smiley könne er also streichen.

«Was hat man dir getan?»

«Das weiß ich noch nicht. Das finde ich gerade heraus.»

«Und wie?»

«Indem ich zu weit gehe.»

Diese nebulöse Andeutung verhehlte mein Hauptproblem: Noch immer wusste ich nicht, wie ich Jan jemals finden sollte. Alle Spuren führten in die Vergangenheit, aber nicht aus ihr heraus. Es war, als wäre ich in eine Zeitkapsel gestiegen und nun hoffnungslos darin gefangen. Alle, die in dieses Mysterienspiel verstrickt waren, waren nichts als stumme Spiegelungen. Je näher ich ihnen trat, desto weiter schienen sie sich zu entfernen.

Ich überlegte, ob ich Byron Bunch einweihen sollte. Er hatte kürzlich erwähnt, dass er für ein Sicherheitsunternehmen arbeitete, und vielleicht besaß er eine detektivische Ader oder zumindest eine Idee, wie man Untergetauchte aufspürt. Ich beschloss, ihn vorerst ein wenig besser kennenzulernen. Ich wimmelte daher seine Nachfragen über meine Operation ab und tastete mich behutsam an die heiklen Fakten heran.

«Wer bist du und: Wo?»

«Sind wir schon so weit?»

«Ich fürchte, ja.»

«Ich bin ein einsamer Wanderer am Weltenrand.»

«Hm.»

«Das ist leider mehr Wahrheit als Kitsch.»

«O.k.! Dann sind wir ja schon zu zweit.»

«☺»

«Um das zu verdeutlichen, schicke ich dir den Link zu meinem Foto-Blog. Ich war neulich ganz nah dran am Abgrund zwischen Welt und Unterwelt.»

Ich klickte auf Absenden. Dann hörte ich nichts mehr von ihm.

Fünf Tage später saß ich mit Leo im Auto auf der langen Reise in die Verheißungen des skandinavischen Spätsommers.

20.

Es hatte sich eingeschlichen, zunächst nur als leichtes Kribbeln, das allmählich in ein Jucken und schließlich in ein Brennen überging. Am Morgen der Abfahrt war es bereits ein kleines, rotes, glasiges Bläschen am oberen linken Lippenrand. Immer wieder fuhr ich mit der Zungenspitze über die Stelle und ahnte doch, dass alles Befeuchten nichts helfen würde. Es war da, und es begann bereits, leichte Schmerzströme Richtung Wange, Auge und Hals auszusenden. Ich war dank meiner Hypochondrie medizinisch so weit aufgeklärt, dass ich wusste, dass es zwei Möglichkeiten gibt. Entweder heilte es rasch ab, oder es würde sich tiefer in meinen Körper einnisten, die Haut entlangwandern und mich matt und wehrlos machen. Meine erste *Wundrose* und zugleich ein körperliches Fanal. Denn binnen einer Stunde würde Leo klingeln, in bester Reiselaune, aber sehr unduldsam, wenn mein Körper nicht widerstand.

Noch ein paar Handgriffe, und ich wäre reisefertig, doch ich spürte, wie die Kraft schwand. Ich konnte nichts essen, und Appetitlosigkeit war mein Bocksgesang. Es ging nie gut aus. Bis vor Kurzem war ich ein psychiatrischer Grenzfall gewesen, doch in den vergangenen Wochen hatte mich *die* Entscheidung innerlich aufgerichtet.

Nun saß ich kränkelnd vor meinem Rucksack und erwartete den Rückschlag wie den Schuss eines Geiselnehmers. Angstvoll versuchte ich durchzuatmen – und merkte, dass es ging. Zwar nicht befreiend, aber immerhin ohne Stocken und Blockierung. Und auch der nächste Atemzug kam und ging und der nächste und übernächste ebenso. Da begriff ich, dass das Virus, das mich gerade heimsuchte, ein kluges Ablenkungsmanöver meines hinterlistigen Körper-Seele-Bundes war. Es würde meine Ängste in Schach halten, weil mein Körper die ganze Aufmerksamkeit einfordern würde. Ich nahm die nun spürbar fortschreitende Abgeschlagenheit also dankbar an.

Leo konnte seine Enttäuschung über meinen Zustand nicht verbergen, verkniff sich zwar ein «Typisch!», ließ aber spüren, wie schwer ihm das fiel. Wir besorgten in der Apotheke ein Virostatikum und hatten wenige Stunden später die Zeit, die mein Schwächeln gekostet hatte, wie Leo betonte, wieder aufgeholt.

Während der Fahrt wurde ich immer hinfälliger. Über der Lippe flammte und züngelte es inzwischen. Leo sah sorgenvoll aus, verhielt sich aber nicht so und überging mein Siechen, indem er uns auf ein neuerliches skandinavisches Abenteuer einschwor, wobei er so rücksichtsvoll war und hervorhob, dass das behagliche Schweden meinem instabilen Gemüt ganz sicher besser bekäme als das ungleich majestätischere Norwegen.

Nach der Fahrt durch Dänemark, der Überquerung zweier Seebrücken und einer endlosen Passage südschwedischer Wälder erreichten wir gegen Mitternacht Ingarö, eine kleine Insel, die gänzlich umschlossen von Schären war. Leo hatte ein Häuschen gemietet, und im Schein der Straßenlampe sah man, dass es zauberhaft war.

Am nächsten Morgen erwachte ich aus einem nervösen Schlaf und spürte, dass mit meiner Körpermechanik etwas nicht stimmte. Die linke Seite war wie drangsaliert. Als hätte man mich nur linksseitig verprügelt. Beim Schlucken war es, als wäre über Nacht ein neues Organ am Hals gewachsen, schwer und fast unüberwindbar für den Reflex. Es fühlte sich anders an, als ich es vom Angstschlucken gewohnt war. Es war ungleich physischer. Ich tastete nach meinem Hals und erschrak. Unterhalb des linken Kiefers hatte sich eine riesige Beule gebildet. Der Lymphknoten war so stark geschwollen, dass ich den Mund kaum öffnen konnte. Meine Abwehr hatte also einen harten Kampf zu führen begonnen. Dazu schmerzten das ganze Gesicht, der Kopf linksseitig, die linke Schulter und die linken Rippenzwischenräume. Die rechte Körperhälfte schien nicht betroffen. Aber beide Hände waren rot und wund und durchzogen von feinen Rissen, aus denen es hauchzart blutete.

Leos Betthälfte war leer. Er hatte einen Zettel auf dem Kopfkissen hinterlassen: «Guten Morgen, bin joggen. Was für ein wunderbarer Tag! Kuss.» Entweder hatte meine Verwandlung innerhalb kürzester Zeit stattgefunden, oder Leo waren meine Wundmale gar nicht aufgefallen. Beides war auf seine Weise beunruhigend. Beim Versuch, aufzustehen, schwappte die Übelkeit wie in einem bewegten Gefäß hin und her. Ich schwankte ins Bad, einem winzig kleinen Verschlag, und sah im Spiegel das Ausmaß des Elends. Das Bläschen hatte sich zu einem hässlichen Krustentier entwickelt, das schorfig-nässend an meinem Gesicht herumfraß. Die Schwellung erzeugte eine Spannung, die die Symmetrie des Gesichts verzerrte. Ich befeuchtete einen Waschlappen mit kaltem Wasser und nestelte hilflos an der Schwellung, den Rötungen und Schmerzpunkten herum. Mehr noch als vor dieser Seuche hatte ich jedoch Angst vor der Angst. Wie immer in solchen Momenten versuchte ich, mich zu verorten. Ich befand mich in einem Wald. Immerhin in einer Siedlung. Ich war im Ausland. Immerhin in der Zivilisation. Ich beherrschte die Sprache nicht. Immerhin würde Englisch reichen. Für einen Moment setzte eine leichte Beruhigung ein. Um sofort in Unruhe umzuschlagen. Ab welchem Siechtums-Grad wäre Leo bereit, ohne enttäuscht aufzuseufzen, mich in ein schwedisches Krankenhaus zu fahren? Nein, es müsste genauer heißen: Wie schlecht musste es mir gehen, dass ich es wagte, ihm das überhaupt anzutun? Und doch, die Frage aller Fragen war: Ab wann würde er Mitgefühl zeigen?

Ich maß Fieber. 37,5 unbedrohliche Grad Celsius. Das gab mir die Kraft, mich ein wenig frisch zu machen und mich anzuziehen, sofern das mit den gebrandmarkten Händen möglich war. Immer wieder musste ich eine kurze Pause einlegen, um mit den weniger befallenen Fingerspitzen weiterzuhantieren. Dann hörte ich Leos Stimme fröhlich von der Tür her rufen: «Bin wieder da! Bist du wach, du Schlafmütze?»

«Ich bin im Bad. Bin gleich so weit!»

Und schon ertönten die vertrauten Geräusche von Wasserkocher, Kaffeemaschine, Toaster. Leo trällerte, ich kämpfte. Durch den kleinen Spalt der Badezimmertür sah ich Leos Schatten hin und her wandern. «Es ist schön warm, wir können auf der Veranda frühstücken. Hast du dir überhaupt schon das Häuschen angesehen? Es ist wie für dich gemacht!» Ich atmete ruhig durch, dann trat ich aus dem Bad Leo entgegen. Ein kurzer Moment der Irritation, noch kein voll ausgebildeter Schreck, das war seine gestische Antwort auf meinen kümmerlichen Auftritt. «Hui, da hat sich aber was entwickelt», sagte er, auf meine Lippe deutend. Und als ich ihm den Hals mit der gigantischen Lymphmurmel zudrehte, da erschrak er doch. «Mann, Mann, Mann! Komm, iss erst mal was!»

Er führte mich durch das Schlafzimmer und den anschließenden Wintergarten auf die kleine Veranda. Das Häuschen stand in einem großen, spätsommerlich blühenden Garten. Jetzt sah ich den falunroten Anstrich des eingeschossigen Holzhäuschens, das lieblich von Gräsern und Ranken umwuchert wurde. Es war perfekt. Leo hatte ein wunderbares Frühstück bereitet. Das Omelett war auf der Unterseite knusprig gebräunt und auf der Oberseite noch von einem hauchzarten Glibberfilm überzogen, in dem feine Tomaten- und Schalottenstückchen hineingeraspelt waren, und mit den ebenso zarten Sardellenstückchen verschmolzen. Wurst und Käse waren nicht einfach angerichtet, sie bildeten mit den hauchdünnen Paprikastreifen ein dekoratives Ensemble. Und inmitten dieses Gedecks, das von bunten IKEA-Kaffeebechern und Saftgläsern flankiert wurde, leuchtete die Obstschale. Schmetterlinge und Libellen umflogen das Tischchen, und die Wärme brachte die Butter bereits zum Zerfließen.

In der Vollkommenheit dieses Augenblicks war ich die Aussätzige. Es war meine Pflicht, mich zusammenzureißen. Jemanden, der ein solches Frühstück auf der Veranda eines märchenhaften Cottages bereitet, enttäuscht man nicht. Also überspielte ich mein Unvermögen, den

Mund für die Nahrungsaufnahme ausreichend zu öffnen, mit humoristischer Gelassenheit. Leo sah mich etwas bedauernswert an und munterte mich auf: «Na, wenn du hier nicht gesund wirst, dann weiß ich auch nicht!» Nach dem mir mühsam zugeführten Frühstück fühlte ich mich tatsächlich ein wenig gestärkt. Die Übelkeit war verschwunden, und die Schwäche war einer regenerativen Müdigkeit gewichen. Während Leo den Tisch abräumte, schloss ich die Augen und träumte davon, einfach den ganzen Tag in der nördlichen Sonne sitzen zu bleiben und meinen Körper sein Gefecht gegen den Eindringling führen zu lassen.

Da hörte ich, wie Leo den Autoatlas Mittelschweden entfaltete.

Er breitete ihn über den ganzen Tisch aus und begann, mit dem Zeigefinger Routen zu ziehen. Er fuhr an der zerklüfteten Küste entlang, deutete auf Schären, Inseln, Seen, Naturparks und wog eins gegen das andere ab. Stockholm könnten wir uns für die kommende Woche aufsparen. Es sei denn, ich wolle unbedingt noch an diesem Tag nach Stockholm! Ich schüttelte langsam den Kopf. Gut, dann also Natur pur. Wie wäre es mit einer kleinen Wanderung an der Ostküste entlang? Ich nickte langsam.

«Sehr begeistert siehst du ja nicht aus!»

«Ich fühle mich nicht sonderlich gut.»

Leo atmete tief durch.

«Du möchtest also hierbleiben?»

«Nein, ich – entschuldige, ich muss mich kurz hinlegen.» Mir war plötzlich schwindelig, die Knie sackten durch, in den Ohren dröhnte es. Ich schleppte mich aufs

Bett, zog einen Stuhl heran und lagerte die Beine hoch. Nur einen Moment Ruhe, bitte, flehte ich.

Nach wenigen Minuten strömte das Blut wieder verlässlich vom Herzen in die Peripherie und zurück. Leo stand unduldsam daneben. Ob wir in einer halben Stunde loskönnten? Es sei schon nach ein Uhr, und wenn wir noch etwas vom Tag haben wollten, dann sollten wir demnächst aufbrechen. Aber es stünde mir natürlich frei, hierzubleiben. Er könne auch ein wenig allein herumcruisen.

Dass ich mich gegen seine Härten nicht zur Wehr setzte, hatte inzwischen nichts mehr mit Schwäche zu tun, sondern mit Nachsicht. Ich ertrug Leo nur deshalb, weil ich noch eine Rechnung mit ihm offen hatte.

Wir verbrachten den restlichen Tag an der Küste in Nyköping und fanden windumweht zu einem gemeinsamen Rhythmus. Leo passte sich meinem Schwächetempo an, und ich setzte einfach immer nur einen Fuß vor den anderen. Das sollte meine Taktik werden: Wenn ich fünf Minuten überstand, überstand ich auch die nächsten fünf Minuten und so weiter. Und irgendwann würden so sieben Tage in Fünf-Minuten-Portionen vergangen sein, und alles, was danach geschehen würde, stünde nicht mehr unter Leos Diktat der Unnachgiebigkeit.

Die bevorstehende Trennung hatte nichts mit dem Phantom Jan Pajak zu tun, sondern mit dem Verlust des Phantoms namens Liebe. Ich vergewisserte mich, dass Leo mir nicht allzu sehr fehlen würde. Ich würde nur all jenes vermissen, das man an einem Menschen vermisst, der gut in kleinen Dingen und großen Gesten ist.

Am nächsten Tag waren zwar noch alle Wundmale da, der Lymphknoten war jedoch auf Kirschgröße geschrumpft, und die Körperhälften fühlten sich wieder einander zugehörig an. Leo mutete mir auch an diesem Tag nicht mehr als einen ausgedehnteren Rekonvaleszenz-Spaziergang zu, und einen Tag später war ich bereit, über die Klippen von Roslagen zu wandern.

In den folgenden Tagen erkundeten wir das Stockholmer Archipel, machten immer wieder Rast und beobachteten das baltische Glitzern. Ich war genesen, wenn auch nach wie vor gezeichnet. Die tiefe Schrunde über der Lippe machte mich unberührbar. Und mir fehlte es an nichts. Ich war in einer Landschaft, die Gott in einem gütigen Moment geschaffen haben musste, und atmete, als sei es das Selbstverständlichste von der Welt. Der schleichende Liebesverlust machte mich zu einem glücklicheren Menschen. In all den Jahren unterstand ich der Knechtschaft eines Tabus, das das Liebeswort ebenso unaussprechlich machte wie den hebräischen Gottesnamen. Und so, als wäre ihm der göttliche Zorn eingeflüstert, wütete Leo wie ein Prophet, sobald ich zaghafte Versuche der Übertretung wagte.

All das würde nun ein Ende haben.

Das skandinavische Leuchten des Spätnachmittages goss sich wärmend über unsere Veranda. Ich saß auf den Stufen und hatte die Augen geschlossen. Ein roter Film bildete sich hinter den Lidern. Wenn man die Augäpfel rollte, wechselten die Farben zwischen Gelb, Orange, Rot, bis fast zu Schwarz. Leo setzte sich zu mir und reichte mir eine Tasse frisch gebrühten Kaffee.

«Danke.»

«Man ist hier nicht weit von der Herrlichkeit entfernt.»

Ich nahm einen Schluck und hörte ihm zu, wie er das Licht und die Landschaft pries. Wie immer, wenn er sprach, war es, als zitierte er aus einem Fundus ausgewählter Wörter und Wendungen, die er irgendwann in einem langen Repetitorium auswendig gelernt haben musste. Doch mir wurden seine Worte fremd. Es war so weit.

«Ich möchte dir etwas Großartiges mitteilen.»

«Oh, da bin ich aber gespannt. Sag jetzt nur bitte nicht, dass du schwanger bist. Das wäre niederschmetternd.»

«Ich liebe dich nicht mehr.»

Da war sie, die Sekunde, von der aus keine andere Entscheidung mehr möglich war, der Moment, an dem der Abzug betätigt wurde und die Patrone unaufhaltsam ihrem Ziel entgegenflog. Ich hätte ihn so gern eigenhändig niedergestreckt. Leo prustete. Er tat so, als habe er sich an seinem Kaffee verschluckt, aber ich hatte gesehen, dass die Tasse bereits vorher leer gewesen war. Er stand von den Verandastufen auf und stellte sich vor mich, sodass er mir die Sonne nahm und sich um seine Silhouette ein Strahlenglanz bildete.

«Süße, jetzt komm mir bitte nicht so!»

Sein Gestikulieren zerhackte die Gloriole.

«Ich weiß auch gar nicht, was du hast. Ich habe mich die letzten Tage echt zurückgenommen, obwohl du mir mal wieder mit deinen ewigen Wehwehchen unglaublichen Frust beschert hast. Aber ich habe mir gesagt: Gut, das gehört bei ihr inzwischen scheinbar dazu, so wie Depressionen und Frigidität. Was soll's, immerhin können wir den Wolkenheeren und Lichtschächten noch gemeinsam Poesie abgewinnen. Und jetzt quatschst du was von Liebe. Pah!»

Er hatte sich inzwischen immer massiver vor mir aufgebaut und sah mich finster und durchdringend an. Ich blickte ihm fest in die Augen: «Ich fürchte, mehr habe ich nicht zu sagen. Ich habe dich geliebt, und jetzt ist es eben vorbei.» Er drehte sich aufgebracht weg und bescherte mir einen epiphanischen Augenblick. Die Sonne stand jetzt so tief, dass die Wolken wie Flammensäulen vom Horizont aufragten.

Nach einer kurzen Verschnaufpause polterte Leo weiter: «Also, jetzt mal im Ernst: Welcher andere Ausweg bliebe dir denn, als solches zu behaupten? Ich meine, wenn du jetzt von deinem Love-Solipsismus ließest, was bliebe dir denn dann? Ich meine, so verhuscht und nur sehr bedingt präsentabel, wie du unter Leuten bist! Mehr Aussicht als auf ein kleinbürgliches, ärmliches Idyll, als auf Blümchen-Sex und lauter harmlose Dinge kannst du doch eh keinem Mann bieten! Und wie, bitte schön, könntest du denn dein Scheitern auf ganzer Linie anders legitimieren als mit Liebe?» Das letzte Wort seiner Litanei sprach er so verächtlich aus, dass sich sein Gesicht zu einer peinlichen Fratze verzog.

Ich antwortete nichts. Ich schloss die Augen erneut und überprüfte meine Vitalfunktionen. Sie funktionierten tadellos. Auch wenn das Anfluten meines Zorns bis in die Schläfen pochte. Die dutzendfach geprobte Abschiedsrede brachte die Zunge zum Zittern. Beinah wären die Worte hervorgestürzt. Aber ich sagte nichts, ich sagte einfach gar nichts. Ich sagte nichts in den kommenden Minuten, nichts in den kommenden Stunden und nichts den ganzen kommenden Tag lang. Und auch am übernächsten Tag während unserer langen Rückfahrt schwieg ich ohne Unterbrechung.

Leo war unruhig wie ein gereiztes Tier. Und das Auto war sein Käfig, aus dem er nicht fliehen konnte. Er umkrampfte das Lenkrad und hatte nichts als die durch die Straßenverkehrsordnung begrenzten Möglichkeiten der Fußpedale, um sein Wüten abzuleiten. Mal fluchte er, dass meine Reaktion arg unangemessen sei, mal schimpfte er mit den Worten krank, bescheuert, Irrsinn.

Schließlich schwieg auch er.

So trennte ich uns, indem ich ihm jegliches Wort verweigerte. Das Ende war eine Umkehrung des Anfangs, als er mich mit unermüdlicher Rhetorik in seine Gewalt gebracht hatte. Ich aber hatte ihn besiegt, indem ich ihn niederschwieg.

22.

Das Schweigen war ein Exerzitium, das mich strapaziert hatte. Aber es war auch eine Willensübung mit einer reinigenden Wirkung. Als ich das letzte Mal nach unserer Ankunft in Berlin aus seinem Auto gestiegen war, ihm zum Abschied salutierend zugenickt und die Tür mit einer leicht nachlässigen Geste ins Schloss hatte fallen lassen, war es so gewesen, als probte ich nach Jahren endlich wieder den aufrechten Gang. Das Rückgrat reckte sich, der Brustkorb öffnete sich wie eine morgendliche Pflanze und die Lunge schöpfte Luft, ganz leicht und verlässlich. Leo blieb noch einen Moment stehen, dann trat er aufs Gas, bog mit quietschenden Reifen um die Ecke und fuhr aus meinem Leben hinaus.

Während ich schwer bepackt Stufe um Stufe zu meiner kleinen Behausung hinaufstieg, vorbei an den Wohnungen, aus denen türkisches Familiengeschnatter drang, dachte ich daran, dass Mama solch ein Befreiungsschlag wohl versagt geblieben war. Vielleicht sollte ich sie später anrufen und ihr erzählen, dass ich mich aus den Fängen Leos gelöst hatte und dass ich nun beabsichtigte, mein Leben wieder in den Griff zu bekommen. Und dass ich, da ich nun einmal dabei war, mein Leben von Lasten zu befreien, auch endlich von Jan Pajak lassen wollte. Schließlich tat er mir genauso wenig gut wie Leo. Ja, so, wie du mein dunkler Zwilling bist, Mama, sind Jan und Leo finstere Brüder. (Das würde ich ihr gegenüber nicht so ausdrücken, aber mithilfe von ein paar Andeutungen würde sie schon verstehen. Die alten Geschichten, Mama, sie sollen ruhen, es ist ja auch mehr deine Geschichte. Ich bin darin ein wenig verstrickt, aber irgendwann musste diese Schicksalskette mal zerrissen werden und ein neues, hoffnungsheischenderes Band geflochten werden. Ich wählte dieses Bild mit Absicht, denn Mama mochte sprachliche Bilder.)

Ich hatte kürzlich meine Magisterarbeit abgegeben. Nur noch zwei mündliche Prüfungen, und dann hätte ich einen Universitätsabschluss in Geisteswissenschaften, der vielleicht eher als zur Jobsuche dazu geeignet sein würde, meinen dürftigen Lebenslauf etwas aufzuhübschen. Aber ich wollte ohnehin nur einen harmlosen, ruhigen Job, der meinem anfälligen Gemüt genügte. Am besten eine stille Bürotätigkeit, die mir genug Zeit ließ und meine Nerven schonte, um nebenbei meine handwerkliche Begabung, die ich so sehr vernachlässigt hatte, in eine berufliche Umorientierung zu lenken. Eine Ausbildung zur Restauratorin wäre doch gut, nicht wahr, Mama?

Und dann würde ich mich, während ich ruhig mit den Händen an Dingen arbeitete, von den Strapazen meines Lebens erholen, und eines Tages stünde ein etwa gleichaltriger, ein wenig schüchterner Mann in der Werkstatt, der eine Schatulle aus Palisander mit einer intarsierten Windrose aufpoliert haben wollte. Und dann würde sich alles so entwickeln, wie es zwischen Mann und Frau zuweilen üblich ist.

Ja, ich würde Mama anrufen, ihr von diesen unglaublichen Wendungen berichten, und am Ende würde auch sie aufatmen und sagen, dass sie sich für mich freue und dass nun wirklich alles gut würde.

Als ich die Wohnungstür aufstieß, hörte ich, wie Unmengen Werbung, Post und Zeitungen auf den Boden fielen. Statt Briefkästen gab es in diesem baufälligen Haus noch Briefschlitze. Das konnte warten. Ich befreite mich zunächst von meiner Reisefracht, duschte, aß die Reste des schwedischen Weißbrots und ließ mich dann erschöpft, aber erlöst aufs Bett fallen. Ich umrundete mit den Blicken mehrmals die Stuckrosette an der Decke, als ich mich plötzlich zu erinnern glaubte, dass unter der Post ein braunes Brief-Päckchen gewesen war. Ich ging zu dem Briefhaufen und entdeckte tatsächlich eine Sendung. Auf dem gepolsterten Umschlag stand mein aufgedruckter Name, aber kein Absender. Ich riss das Päckchen auf und zog ein in blaues Geschenkpapier verpacktes Buch heraus. Ich riss das Geschenkpapier ab und hielt ein Exemplar von William Faulkners *Licht im August* in den Händen. Mein Puls beschleunigte sich. Zaghaft hob ich den Buchdeckel und sah eine Widmung: *Für Annie, die mich ein wenig an Lena Grove erinnert. - - - B. B.*

Ich erkannte die Schrift.

Sold

1.

September 2010

«Das ist ein Museum für moderne Kunst. Es gibt helle Räume und dunkle», sagte Jan. Wir traten in jenen Lichthof ein, der die schweren Geschütze Anselm Kiefers barg. Vor einer großen Fensterfront befand sich eine runde bodendeckende Steinskulptur. Schweigend zogen wir unsere Kreise.

Dann blieb ich stehen und sah Jan, der vor dem riesigen hellen Fenster nur mehr einen Schattenriss bildete. Er war immer noch muskulös, noch immer eine Erscheinung. Er trug Jeans, ein schwarzes Shirt und alte schwarze Lederschuhe, die gut gepflegt waren. Und doch machte die Schattensilhouette das Gebrochene sichtbar, er versuchte es gar nicht zu verbergen. Er sah zu mir herüber. Was mochte er sehen? Ich trug ein dunkelgraues kurzes, ärmelloses Kleid mit einem schmalen roten Lackgürtel und halbhohe Schuhe. Ich hatte die Haare hochgesteckt und fühlte mich wohl in meinem Damen-Outfit. Er sollte sehen, dass ich nun erwachsen war. Ich fröstelte, fuhr mit den Händen über die Arme und sah ihn plötzlich auf mich zukommen und fürchtete, er könne diese Geste als Einladung zum Wärmen missdeuten. Er sagte: «Wir sind erst am Anfang.»

Über eine Treppe gelangten wir in einen schnurgeraden Trakt, dessen Ende kaum auszumachen war. Dazwischen lagen mehrere Ställe mit Gütern der allerneuesten Arbeiten von Künstlern, die es, wie aus den Viten zu entnehmen war, aus allen Teilen der Welt nach Berlin verschlagen hatte.

Wir betraten Beuys' weihevolle Kammer der angestaubten Dinge.

Wir hatten einen geschützten Ort für unser Wiedersehen gewählt. In den Mails, die dem Buch-Geschenk folgten, wogen wir verschiedene Möglichkeiten ab. Öffentlich, aber überdacht, das waren die Voraussetzungen. Einem abendlichen Restaurantbesuch vis-à-vis wäre ich nicht gewachsen gewesen. Schließlich schlug Jan ein Museum vor, irgendeines, Hauptsache, ein großes Haus, in dem man weite Strecken gehen könne.

Aber vor allem fragten wir uns, ob wir uns überhaupt wiederbegegnen sollten. Wir fanden zu keiner Antwort.

Wir umschlichen uns wie zwei sich belauernde Tiere. Noch hatten wir kaum gesprochen und höchstens geflüstert. Wir ließen uns durch die museale Andacht treiben ohne Verpflichtung zu Worten, zu Fragen. Das Abschreiten der Gänge und Etagen wurde zu einem hypnotisierenden Kreisen um Abwarten und Erwarten. Manchmal deutete Jan auf ein Gemälde oder eine Fotografie. Er strich mir eine Haarsträhne hinters Ohr und sagte: Annie.

Jan lebte in einem Weiler weit außerhalb Berlins. Wir fuhren in die Dämmerung und sprachen noch immer kaum ein Wort. Es gab diesen einen Augenblick, als kein weiterer Raum im Museum mehr zu begehen war, in dem wir beide wussten, dass nun eine Entscheidung zu treffen war. Ja oder nein. Gehen oder mitgehen. Aber dieser Augenblick verging lautlos, und alles wäre einfacher gewesen, als einen Abschied zu finden, der so beruhigend spröde wie die Begrüßung gewesen war: ein allmähliches Aufeinanderzugehen und verhaltenes Kopfnicken in einem angemessenen Abstand. Und im Grunde setzten wir dieses Zeremoniell nun fort, als wir ohne Verabredung gemeinsam zum Auto liefen, Jan mir die Beifahrertür öffnete und ich, ohne ihn anzublicken, einstieg.

Als wir Berlin hinter uns gelassen hatten, schloss ich die Augen. Brandenburg lag in sommersatter Abendstille.

«Du magst doch Hunde?», fragte Jan, nachdem wir fast zwei Stunden unterwegs gewesen waren und er angehalten hatte. Ich war kurz zuvor eingeschlafen, nun von Traumfetzen umgeben, und blinzelte mich benommen in die Wirklichkeit zurück. Inzwischen war es dunkel geworden, ich erkannte einzig das Nachleuchten des Armaturenbretts und in weiter Ferne das Funzeln einer Straßenlaterne. Wir stiegen aus. Vor uns lag ein eingezäuntes Grundstück. Durch einen großen Vorgarten gingen wir auf das Haus zu, dessen Ausmaße in der Dunkelheit verschwammen. Jan öffnete die Tür, und in dem Moment wurden wir auch schon von einem schwarzen Labrador umtanzt. «Das ist Pollux, genannt Polly.» Wir betraten eine Diele, und aus den Augenwinkeln konnte ich erahnen, dass es ein großes Haus mit vielen Zimmern sein musste. Ich begrüßte das schöne Tier und kraulte es ausgiebig. Das ließ es sich gefallen, sprang aber immer wieder auf und warf sich Jan vor die Füße. Das Tier schien hin-

und hergerissen zwischen dem Genuss der neuartigen Liebkosungen und der Treue zu seinem Herrchen. Mit der Fütterung beruhigte es sich allmählich und wurde in den Garten entlassen.

Nach diesem kurzen Tumult erstarrte alles zu Stille. Ich konnte seinem Blick nicht standhalten und senkte den Kopf. Jan trat auf mich zu und nahm mein Gesicht in seine Hände. Wir küssten uns das erste Mal wie Mann und Frau.

«Kaffee?» Ich hatte mich gerade aus dem Schlaf geblinzelt, einem Schlaf, der schon eine Weile von grauen Augen bewacht und sanft von Händen gestört wurde, die auch zu packen konnten, woran sich mein Körper nun erinnerte. Hatte ich womöglich blaue Flecken? Die Sonne flutete frühes Licht auf Laken und Haut. Hatte es wirklich ein Leben vor diesem heutigen Morgen gegeben? Eine Welt? Seit wann drehte sie sich? Wie lange schon schossen Planeten durch Raum und Zeit? Und wir? Wann war unsere kleine Weltsekunde angebrochen? Wann würde sie enden? Und wie viele Male noch wirst du dazwischen in mir gewesen sein?

«Erzähl mir aus deinem Leben, Annie Veit!»

Jan fuhr mit dem Zeigefinger um den Bluterguss auf meinem Hüftknochen.

«Hast du einen Freund?»

«Ich weiß nicht.»

«Wie, du weißt nicht?»

«Ich weiß gar nichts mehr.»

Alles, was ich noch wusste, lag diesseits. Die Kontraktionen der vergangenen Nacht, die Feuchtigkeit noch zu Beginn, die Nässe danach.

«Deine Brustwarzen haben sich verfärbt. Gestern waren sie noch ziegelrot, jetzt sind sie dunkelviolett. Habe ich dir sehr weh getan?» Jan sprach das in mein Ohr wie Stille Post.

«Ja, sehr», flüsterte ich.

«Sag es noch mal, sag, dass ich dir wehgetan habe.»

«Du hast mir wehgetan, sehr. Alles schmerzt, mein ganzer Körper schmerzt.»

Er forderte ein neuerliches Bekenntnis zum Schmerz. Dann drang er ohne Vorwarnung in mich ein. Aber wir waren beide verwundet.

Polly, der Arme, litt ein wenig unter den geschlechtlichen Gemetzeln seines Herrchens. Das Tier lag unten vor der Tür, schon zu enttäuscht, um noch winselnd seinen Morgenspaziergang einzufordern. Und so sah es mich bloß traurig an, als ich die Treppen hinunterstieg. Als ich jedoch zum Haken mit der Leine griff, sprang es auf und begann abermals einen Freudentanz. «Komm, du gutes Wesen, du warst sehr tapfer.»

Ich öffnete die Tür und trat hinaus in einen Garten. Was sich am vorigen Abend in der nächtlichen Betäubung nur schemenhaft abgezeichnet hatte, schlug jetzt mit der ganzen Gewalt der Wirklichkeit durch. Der Garten stand in Feuer. Abertausende kleine Explosionen von Rot in allen Farben. Es war ein einziges Aufbrechen, Entfalten und Entfachen von gelblichem Zinnober, himbeerrosigem Scharlach und bläulichem Purpur. Wie kleine Stichflammen züngelten die Dahlien. In kugeligen Dolden glommen die Hortensien, wie übergroße Leuchtkörper hingen die schweren Trichter der Engelstrompeten, ein glosendes

Gesträuch war der Ginster. Und inmitten der hitzigen Pracht herrschte ein weißes Lohen der Magnolien, die in der pflanzlichen Glut aufzuplatzen schienen.

Ich blickte mich um und erschrak. Das Haus war über und über mit Rosen bedeckt. Hinter dem Küchenfenster stand Jan und lächelte.

2.

In den Mails, die unserer Wiederbegegnung vorausgegangen waren, hatten wir uns aneinander herangetastet.

«Was hat mich verraten?», wollte ich wissen. Und Jan erzählte eine Geschichte, die von Zufällen, Neugier und dem unauslöschlichen Gedächtnis des Internets handelte. «Ich habe dich auf dem Foto in deinem Blog sofort wiedererkannt,» sagte er. «Du mit deinem kleinen Marienkäfergesicht.» Dann habe er sich im Gewand Byron Bunchs an mich herangeschlichen.

Wir gingen spazieren. Vom Haus führte ein Weg über eine Wiese voll Sommerausklangsblumen zum Gipfel einer Endmoräne hoch. Wir setzten uns auf eine Holzbank und überblickten die Rundungen der eiszeitlichen Geschiebe, zwischen denen immer wieder Seen wie Silberplättchen hervorglitzerten. Von hier aus sah man auch das Landhaus, das 1899 ganz aus rotem Backstein gebaut und 110 Jahre später von Jan Pajak restauriert worden war. Hell und schlicht. Ein Tempel der Reinheit. Gerade musste ein Windzug durchs Haus wehen, die Fensterläden schlugen auf und zu und sahen wie blaue Schmetterlingsflügel aus.

«Wie lautet die Adresse?», fragte ich.

«Im Ried 2», antwortete Jan. Im Ried 1 und 3 lagen jeweils auf beiden Seiten hundert Meter entfernt und wurden als Ferienhäuser genutzt, die hauptsächlich in den Sommermonaten vermietet wurden. «Im Sommer ist es hier ruhig und im Winter sehr, sehr ruhig.» Ich hoffte insgeheim, er würde fragen, ob ich bereit sei, dies zu ertragen.

Polly lag neben uns im Gras und döste den Schlaf friedfertiger Hunde. «Manchmal komme ich hierher, wenn ein Gewitter aufzieht. Dann verfolge ich das Dräuen am Horizont. Wie sich die schwarzen Wolkenblöcke weiter ins Land hineinschieben und dieses übersatte Gleißen über allem liegt, bis das Licht ganz von der Front verschluckt wird.» Jan machte eine ausladende Geste mit dem Arm wie ein Indianer, der über sein rotes Land weist: All dies ist unser!

Dann legte er seine Hand in meinen Nacken und fuhr mit den Fingerkuppen die Wirbel entlang, wie um zu prüfen, ob sie noch heil waren. Er strich die Kette entlang, an der das Amulett hing, das er mich zu tragen bat. Ich neigte den Kopf immer tiefer und ließ ihn schließlich gegen seine Brust sinken. Sein Herzschlag war ein knarziges Poltern. Er war nicht mehr jung und nicht mehr gesund. Dann legte er seinen Kopf auf mein Haar und flüsterte: «Komm, mein weißes Mädchen, ich muss dich jetzt haben!»

Wir schliefen einen langen Erschöpfungsschlaf nach allzu heftiger Liebe und erwachten erst, als schon die Sterne schillerten. Jan hatte an der Giebelseite des Dachgeschosses ein großes Panoramafenster einbauen lassen, sodass man vom Bett aus Land und Himmel überblicken konnte. Im Untergeschoss befanden sich neben der großen Küche noch zwei weitere Zimmer, wovon eines unser Morgenschlafzimmer war, wo wir uns nach dem Frühstück liebten. Es war ein kleines Zimmer und das einzige im ganzen

Haus, das Vorhänge hatte. Ein weißer, halb durchscheinender, leicht gerüschter und zu beiden Seiten mit weißen Bändern festgezurrter Stoff. Davor stand das Bett, das mit weißem Bettzeug ausgestattet war und von der Morgensonne gewärmt wurde.

«Soll ich dir etwas vorlesen?», fragte Jan. Ich nickte. Er stand auf, und ich beobachtete, wie sich in den Bewegungen seines nackten Körpers Muskeln abzeichneten, die von langen Kämpfen erzählten. Er suchte im Bücherregal. «Hm, ich hatte eine schöne kleine Ausgabe der Essais von Montaigne. Jetzt ist sie verschwunden. Alles wird weniger in der Welt.» Er kam zurück mit Hans Blumenbergs *Die Vollzähligkeit der Sterne* und las, bis Sirius zu verblassen begann.

Tage und Nächte vergingen und mit ihnen der Sommer. Doch noch hielt sich die satte Pracht der märkischen Prärie. Das Grün ging allmählich in ein Lindgelb über und ließ die Landschaft aufleuchten. Und noch konnte man in dem kleinen, schilfumrandeten See unweit des Hauses schwimmen, was wir beinah täglich taten, nackt, blaulippig, juchzend und glücklich, wie Kinder, die es nicht besser wissen.

Drei Mal wöchentlich fuhr Jan nach Berlin und bildete im Auftrag einer Sicherheitsfirma Rekruten in Verteidigungstechniken aus. «Einmal Krieger, immer Krieger», fasste er müde lachend zusammen, als er erzählte, wie er damals, gar nicht lange vor meiner Geburt, und er strich mir bei diesen Worten über den Kopf, sich vom Auslandsgeheimdienst hatte anwerben lassen, um in Angola zu missionieren. Und ich solle jetzt bloß nicht denken, er sei ein Glaubenskrieger, nein, er habe nie an den Sozialismus geglaubt. Die Angolaner, mit denen er zu tun hatte, übrigens auch nicht. Die wollten bloß Nachrichtentechnik von ihm lernen. Er sei also genau genommen gar nicht zum Kämpfen gekommen. Nicht in diesen Jahren jedenfalls. Die Kämpfe, die kamen später, und sie waren echt. Aber da gab es den Sozialismus schon nicht mehr. Getötet habe er erst im Kapitalismus.

3.

Während Jan in Berlin war, hielt ich das Haus in Ordnung, und es ließ sich manchmal nicht vermeiden, Schubladen, Schreibtischfächer und die kleine Holztruhe, die aussah wie eine Schatzkiste, zu öffnen und wie unabsichtlich hier einen Brief hervorzuziehen, da einen Kontobeleg zu lesen, dort in den Seiten eines Notizbuches zu blättern.

Nirgendwo eine Spur, die ihn der Ermordung einer damals achtzehnjährigen Abiturientin hätte überführen können. Oder des Herzbruchs meiner Mutter oder des Verrats an meinem Vater und auch nicht des Inzestes, dessen er sich gegenwärtig schuldig machen könnte, täglich, nächtlich, laut, leise, zitternd, zuckend und nicht immer zärtlich. Das Haus barg keine Geheimnisse mehr. Jan hatte mich erwartet, und er hat mich in einem hellen, reinlichen, ungeschändeten Haus empfangen.

Oft zog ich stundenlang allein durch Felder, Wälder, über Hügel und an den Ufern der Seen entlang wie durch einen Schonraum, weit weg von allen Zumutungen, allen Verantwortungen, allen Ängsten. Ich ging durch die Natur, als gäbe es in meinem Leben nichts mehr zu tun.

Wir sprachen nicht von Mama, nicht von Lydia, nicht vom Haus auf der Brandstatt. Wir sprachen überhaupt wenig. Wir verrichteten Dinge. Kochen, gärtnern, lieben. Aber ich hatte meine Mission noch nicht abgeschlossen.

Er sollte sich nicht zu sicher fühlen, solange ich es nicht konnte. Also entzog ich mich ihm hin und wieder, schlüpfte aus seinen Händen, die meinen Kopf hielten, ließ sein Lächeln unerwidert oder weinte wort- und grundlos. Und wenn er mich am Abend fragte, wie mein Tag verlaufen sei, dann stieß ich die Gabel in den Salat, den er so schön in den blau lasierten Keramikschalen angerichtet hatte, und sagte: «Ich habe nachgedacht», so, wie man sagt: «Ich habe getötet.»

In den Nächten fand ich kaum zur Ruhe. Ich wälzte mich in den weißen Laken hin und her und wusste nicht, ob mir der schlafende Mann in der anderen Betthälfte besonders nah oder besonders fremd war. Ich fand keine Antwort, drehte mich weg und sah aus dem Fenster in die märkische Finsternis. Es war so still, dass ich kurz summte und an den Bettpfosten klopfte, um zu überprüfen, ob ich noch hören konnte oder bereits taub war. Wenn wenigstens der Wind durchs Blätterwerk säuseln würde oder noch besser: Wenn Regen käme und Tropfen für Tropfen Trost, Ruhe und Schlaf brächte!

Ich habe mehr Nächte wach gelegen als geschlafen. Das hatte in der frühen Kindheit angefangen. Mein Kinderzimmer und das Schlafzimmer meiner Eltern waren die am weitesten auseinanderliegenden Zimmer unseres Hauses. Ich befand mich in nächtlicher Quarantäne und somit in ständiger Angst, ich könne einen schlimmen Hustenanfall, ein starkes Fieber oder sonst ein Elend erleiden, ohne dass meine Eltern es bemerkten, und würde dann einsam wie ein ausgesetztes Kind im Winter dahinsiechen und am anderen Morgen nicht mehr erwachen.

Morgen früh, wenn Gott will. Und ich war mir oft nicht sicher, ob er wollte.

Die schlaflosen Nächte zogen sich durch die Schulzeit und sorgten allmorgendlich für eine qualvolle Weckprozedur. Morgens aufstehen ist jedes Mal, als würde man aus dem Mutterleib gerissen. Und es war Mama, die mir morgens, nach etlichen vergeblichen Weckrufen, fluchend die Bettdecke wegriss, sodass ich danach halb ohnmächtig vor Schwäche und Kälte ins Bad wankte und nur wenig Zeit für eine Katzenwäsche hatte. Damals gab es in unserem Haus noch keine Heizung, weshalb Oma bereits um fünf Uhr morgens mit der Befeuerung jedes einzelnen Kachelofens begann. Aber das Kinderzimmer war aus Rücksicht auf meinen morgendlichen Schlaf erst nach meinem Erwachen an der Reihe.

In diesen Jahren war es die Angst, im Mathematikunterricht aufgerufen zu werden und an der Tafel eine schamvolle Niederlage zu erleiden. Es gibt keine schlimmere Drangsal, als ein dyskalkulatorisches Kind seinem Versagen auszusetzen, und dabei spielte es keine Rolle, ob dies vor Publikum oder ganz ohne geschah. Denn es ist nicht die Angst, angesichts komplexer Rechenschritte an einer kniffligen Stelle zu scheitern, sondern das Wissen, dass bereits eins und eins auseinanderjagen werden wie Tiere nach einem Schuss und nie wieder zusammenfinden würden.

In der Jugend boykottierten nervöse Liebeleien meinen Nachtschlaf. Es reichte nie zum biografischen Klassiker Jugendliebe, aber immerhin versenkte der Schönling Arthur Schwarz seine Zunge in sämtliche Schleimhautfältchen. Ein paar Jahre später waren es die maßlosen Visionen von einem akademisch-mondänen Leben: Immer ein kesses Bonmot auf den von verzweifelt liebenden Männern taub gebissenen Lippen. Schon Mama war an einem ähnlichen Traum gescheitert. Immerhin hatte ich es von der grünen Hofcouch weg geschafft. Wenn auch nur bis in ein Neuköllner 1-Zimmer-Verhau mit schimmligen Fliesen und brüchigen Dielen. Ach, Berlin, die Versprechen waren groß und die Enttäuschungen ebenfalls.

Dabei hatte es gut angefangen. Bereits im zweiten Semester riss mir Wieland J. Kummer, Privatdozent der Kulturwissenschaften, ein halbes Jahr lang allwöchentlich die Kleider in seinem Kreuzberger Altarraum vom Leib. Da lag ich dann vielfach besudelt und umstellt von Reliquien eines weit Gereisten: Schellackplatten mit argentinischen Fados aus der Frühzeit des Grammofons, ein Talmud aus einem Antiquariat von der Lower Eastside, irgendwann aus einem bukowinischen Schtetl über den Atlantik im Gepäck eines den Pogromen entflohenen Juden geschifft, oder ein illegal eingeschleuster Skarabäus aus dem Tal der Könige. Es war genau die Art Affäre, die wie inszeniert war für die Dramaturgie des Lebens einer Hauptstadt-Studentin mit Anfang zwanzig. Doch auch sie litt, wie einige andere, unter einer abrupt einsetzenden Abscheu.

Nach der kurzen Euphorie der frühen Studienzeit folgte die lange Phase gedämpfter Empfindungen tagsüber und angstvoller Ruhelosigkeit in der Nacht. Der heimtückische Kobold muss mir schon damals nachgestellt haben. Aber erst Leo hat ihn dauerhaft angelockt. Ich bin mir sicher, dass er ihn auf mich angesetzt hat, mit ihm konspirative Treffen abgehalten, ihm eine exakte Mängelliste meines Wesens gegeben und ihn für sein zerstörerisches Tun gut entlohnt hat. Gewiss hatte er einen Deal mit dem Kobold: ihre Seele gegen meine Verwundbarkeit. Denn wie alle Narzissten war Leo einst zutiefst gekränkt worden, aber dennoch mit einer Fähigkeit ausgestattet, so wertvoll wie eine Rüstung im Kampf: mit Selbstbewusstsein protzen zu können. Präsenz als Waffe. Das war zwar nur eine Täuschung, aber auch ein permanenter Hinterhalt, aus dem Leo hervorsprang, um mich in Angst und Schrecken zu versetzen. Schon seine Körpersprache war reine Abwehr. An Leos Bewegungen war nichts behendes, er wirkte immer wie aufgebäumt. Jan hingegen bewegte sich wie ein Fluchttier, ruhig, fast elegant, so, als sei jede Regung wohlüberlegt –, ich musste an Hirsche beim Grasen denken, deren Bewegungen wie einstudiert wirken – und immer wachsam, bereit, einem Angriff mit einem eruptiven Vorstoß zu entkommen. Oder dem Angreifer das Geweih in die Eingeweide zu rammen. Aber ob Leo, ob Jan, beide schliefen sie wie alle Männer tief und gewissenlos. Ich lag daneben und hasste sie ein bisschen.

Einmal im Leben wie ein Mann schlafen.

Als Rache für diese Ungerechtigkeit schob ich nun meinen Kopf körperabwärts und riss Jan mit dem Mund ohne Erbarmen aus seinem Schlummer.

4.

Eines Tages fiel das erste Laub. Ich öffnete die Tür, und der Wind trieb rote Ahornblätter über die Schwelle ins Haus. Ich legte ein großes Tuch um die Schultern, klammerte mich an der heißen Kaffeetasse fest, sah in die Ferne über die Koppeln hinweg bis zum von einem Waldstück gesäumten Horizont und dachte über die Arten der Einsamkeit nach, denen ich bislang ausgesetzt war. Ich kam zu dem Schluss, dass jede Einsamkeit damit zusammenhing, dass man mir etwas verweigerte. Das mochte bei Mama und Papa Vertrauen gewesen sein, bei Leo Liebe und bei Jan die Wahrheit. Doch das waren nur unbedeutende Varianten dessen, was mir alle vier versagten: jegliche Gewissheit.

Ich gehe noch einmal zurück. Es ist ein Tag im Sommer 1993. Ich war von Jan mit einer abstrusen Geschichte auf den Dachboden gelockt worden. Bevor er mir ein Amulett um den Hals legte und mich dann auf seinen harten Schoß zog, drückte er mir einen Revolver in die Hand, eine hahnlose Smith & Wesson. Ich kannte das Modell, da mich Papa nicht lange zuvor in die Geschichte der Faustfeuerwaffen eingeführt hatte. Er hatte, wie an allem, lediglich ein restauratorisches Interesse an Waffen, und er unterwies mich anhand von Bildmaterial in Waffenkunde. Daher glaubte ich, ihn in ein unverfängliches Gespräch unter Gleichgesinnten zu verwickeln, als ich ihn in der Werkstatt fragte: «Du, Papa, seit wann gibt es eigentlich die Smith & Wesson Hammerless?»

Ich werde nie vergessen, wie Papa der Schraubschlüssel aus den Händen fiel und er mich ansah, als hätte ich ihm eine furchtbare Nachricht überbracht. Die Stille währte nur kurz, aber sie war groß, fast übermächtig für uns beide. Es war, als würde mit dieser Stille etwas hereinbrechen, dem wir nicht gewachsen sein würden.

Er sah mir so tief in die Augen, wie er es nie zuvor und danach nie wieder getan hat, und fragte hart und ernst: «Warum willst du das wissen?» Ich stand plötzlich unter Schock, versuchte verzweifelt, Buchstaben zu Sätzen zu sortieren, und stotterte Ausflüchte: «Nur, nur, nur so … ich, ich, ich weiß nicht …»

Da stand ein anderer Vater.

Papa ließ mich wortlos in der kleinen Werkstatt zurück, in der es so vertraut nach Schmieröl, Holz, Leim, Leder und Metall roch und in der wir uns eine Kindheit lang in stiller Übereinkunft gegen Mamas Launen verschworen hatten. Ich hörte ihn auf der Schwalbe davontuckern und verstand überhaupt nichts mehr.

Am Abend stritten meine Eltern, aber nicht laut, nein, so leise, dass es durch alle Wände drang. Ihr Versuch, etwas zu verbergen, das eigentlich herausgeschrien gehörte. Ich wurde im Nachhall dieses Flüsterns erwachsen. Und ich wusste immer, sie flüsterten auch von *ihm*.

Jan kam nach Hause und sagte: Die Kraniche ziehen. Also zogen wir ihnen von den märkischen Oderauen bis nach Dolina Dolnej Odry hinterher, wo wir das Spektakel des

Einflugs Tausender dieser königlichen Zugvögel in die polnische Abenddämmerung verfolgten.

«Kraniche», so begann Jan zu erzählen, «sind in Japan ein Symbol für ein langes Leben. Und es geht die Legende, wonach derjenige, der 1000 Kraniche gefaltet hat, einen Wunsch erfüllt bekommt.» Er machte eine Pause. «Ich hätte nie aufhören sollen, Kraniche zu falten.» Ich seufzte, nahm ihm das Fernglas ab und beobachtete einen gigantischen Schwarm, der sanft in die violett leuchtende Flussniederung herabglitt.

«In Afrika habe ich mich immer gefragt, ob die Zugvögel wissen, dass sie weit von zu Hause weg sind. Hier frage ich mich das Gleiche. Ich meine, ob sie überhaupt wissen, wo sie hingehören?»

«Das spielt doch gar keine Rolle. Es wird ein biologisches Programm abgespult. Die Vögel haben keine Wahl. Ganz im Gegenteil zu uns.»

«Und, Annie, bist du freiwillig hier?»

«Nein. Aber ich habe mich dafür entschieden.»

5.

Ab und an telefonierte ich mit Oma und Opa und log von meinen Genesungsfortschritten auf einem märkischen Bauernhof, und wie ich inmitten von Dinkel und Dung herauszufinden versuchte, was ich mit meinem Leben anfangen wollte. Mama, die Wissende, ließ sich am Telefon verleugnen, worüber ich erleichtert war. Aber diese Erleichterung war nur ein Aufschub. Jeder Tag, der verging, bedeutete, dem Unvermeidlichen näherzukommen, und sorgte für ein gelegentliches Zucken des linken Augenlids, häufiges nächtliches Aufschrecken und ständiges abgrundtiefes Seufzen.

Ein anderer Verlassener, Leo, schrieb ein paar Mails, die neben allerlei Zürnen über mein wortloses Verschwinden vor allem meine angebliche Frigidität zum Thema hatten. Statt zu antworten, sah ich auf meine Liebesmale. Das hat Leo nicht zustande gebracht. Dafür war er zu kontrolliert und zu berauscht von sich selbst, als dass ihm daran gelegen gewesen wäre, mich um den Verstand zu bringen. Er wollte ficken, aber er wollte sich nicht opfern. Und das hemmte ihn.

Unglückliche Menschen ficken gut, dachte ich und dachte an Jan. Aber auch daran, dass es schon keine Ficks mehr waren. Es waren Zermürbungen. Und eines Tages schrie ich mittendrin: Sprich mit mir! Ich versuchte, mich aus der Umklammerung unserer Körper zu lösen, wollte aufspringen und Jan so lange eine Vollendung dieses Gewaltaktes verweigern, bis er die Geschichte zu Ende erzählt hatte. Aber er ließ meine Bettflucht nicht zu, sondern verkeilte meine Arme hinter meinem Rücken und fand wie immer die Stelle zur Besinnungslosigkeit. Er war der Erste, und womöglich war es nur ein anatomisches Detail, vermutlich vererbbar, und so wusste er, wo er brandschatzen musste. Er rang uns beide nieder. Ich hatte fürs Erste keine weiteren Fragen mehr. Und das war auch eine Antwort.

6.

«Am Wochenende kommt uns ein Freund besuchen», verkündete Jan beim Frühstück. Das war neu und seltsam, denn es würde fortan einen Zeugen unserer heiklen Verbindung geben. «Ben Eisler, ein alter Kampfgefährte, toller Typ, lebt seit einigen Jahren an der französischen Grenze und baut Wein an.» Ich nickte, aber ich hätte ebenso mit den Schultern zucken können.

Ben Eisler war groß, kräftig und mindestens zehn Jahre jünger als Jan. Er hatte dunkles Haar, das ihm strähnig in die Stirn fiel und ständig mit der ganzen Hand nach hinten geschoben wurde. Er trug ein weißes, zerknittertes Leinenhemd über einer dunklen Hose sowie ausgetretene Lederhalbschuhe. Die beiden Männer umarmten sich wie liebende Brüder zur Begrüßung. Dann packten sie sich gegenseitig an den Schultern, blickten sich fest in die Augen und klopften einander zum Ende dieses Rituals auf den Rücken.

Ich beobachtete diese Szene angelehnt im Türrahmen und richtete mich auf, als Ben Eisler mit ausgestrecktem Arm auf mich zugeschritten kam. Wir reichten uns die Hände, lachten uns an und mussten gar nicht mehr voneinander wissen. Dann ging er zum Wagen zurück und lud zwei Kisten Wein auf seine trainierten Unterarme. Jan war in der Zwischenzeit zu mir getreten und hatte den Arm um meine Schulter gelegt. Er schien zufrieden.

Für das Abendessen hatte Jan Bio-Truthahn von einer nahe gelegenen Farm geholt. Dazu gab es gebackene Kartoffeln, Rote-Bete-Salat und den selbst angebauten Mosel-Rotwein seines Freundes. Beide veranstalteten keinen Verkostungszirkus. Schwenken, riechen, schlucken, das musste reichen für zwei Männer, die schon gemeinsam Mündungsfeuer geatmet hatten. Jedenfalls hatte Jan so etwas angedeutet, wie er mich überhaupt mit Andeutungen traktierte. Und so fragte ich mich, ob Jan und Ben in Angola für die Sache des Sozialismus gekämpft hatten, obwohl Jan für die *Hauptverwaltung Aufklärung* eigentlich in einer friedlichen Mission unterwegs gewesen war. Aber wann immer ich zögerlich nachfragte, entgegnete Jan, ich solle nicht so ungeduldig sein. Ich würde schon noch verstehen.

Ben lobte die Fortschritte, die der Hausbau seit seinem letzten Besuch gemacht hatte, und erzählte von der diesjährigen Weinernte, die sich noch bis in den Winter ziehen würde.

Ich sagte die ganze Zeit nichts, nippte an meinem Wein und genoss das Pingpong zweier Männer, die ohne intellektuelle Verzerrung einfach von Dingen sprachen, von denen sie nicht nur etwas *verstanden*, sondern *begriffen*. Es hat immer mit den Händen zu tun. Ernte, Hausbau, Krieg. Und doch hatte ich schon lange jedwede Idealisierung männlicher Gestik überwunden. Es war vor allem Leos liturgisches Sprechen – streng, zeremoniell und autoritär –, das mich überempfindlich gegen Worte und Gesten gemacht hatte, die nur Kalkül waren. Einmal sagte Jan: «Ich bin gut im Überleben.» Und ich dachte: Auch so ein Männersatz! Und ich fragte mich, ob ich überhaupt noch fähig zur Liebe sei, nachdem ich dies alles zu durchschauen glaubte. Ich sehnte mich nach Vaters wortlosem Arbeiten.

Jan hatte meine Versunkenheit bemerkt und fütterte mich mit einem Stück Truthahnfleisch: «Hier, schamlippenzart!» Ich öffnete die Lippen, empfing den Happen und sah währenddessen zu Ben hinüber. Er hob eine Augenbraue. Dann senkte er den Blick auf die Tischplatte und fegte mit den Fingerkuppen Brotkrumen zusammen. Jan öffnete die zweite Flasche Wein. Alle schwiegen. Ich sah auf den kirschrot schimmernden Grund meines Glases. Im Hintergrund sang Billie Holiday *All of me*.

Dann stützte Ben einen Arm auf die Stuhllehne, wobei sein Ärmel ein Stück herunterrutschte. Jetzt sah ich es. Ben hatte das gleiche Tattoo wie Jan auf der Innenseite des linken Unterarms. Zwei gekreuzte Schwerter, aus deren Mitte ein Blütenkelch emporwächst.

Zwei Männer, ein Tattoo. «Amicale», sagte ich.

Vermutlich feuerten ihre Blicke gleichzeitig auf mich. Aber ich sah nicht hin. Ich sah weiterhin auf den Grund meines Glases, schwenkte den Wein eine Umdrehung, trank das Glas in einem Zug aus, stellte es ab und sagte, während ich mir ein Stück Käse nahm und in den Mund steckte, kauend: «Fremdenlegionäre also!»

Jetzt flogen unsere Blicke gegenseitig her wie tanzende Funken. Ben sprach als Erster: «Respekt, hier scheint sich jemand auszukennen!» Und Jan erwiderte fast lachend: «Ja, im Grunde haben wir es hier mit einer Kameradin zu tun.» Er schenkte uns nach. «Sie ist loyal, mutig, kampferprobt. Ein bisschen verwegen, auf jeden Fall ausreichend verletzt, um den nötigen Trotz mitzubringen. Sieh sie dir an, sie ist süß, aber nicht aus Zucker. Sie erkennt Gefahren wie ein Tier. Sie lauert lange im Hinterhalt, aber wenn es drauf ankommt, dann schnellt sie hervor und trifft den Feind mitten in die Brust.»

Er machte eine Pause. «Ich wäre jeden Moment bereit, ihr eine Waffe in die Hand zu drücken.» Ich sah ihn mit offenem Mund an. War das Versehen oder Provokation? Wir wussten beide, um welche Waffe es sich handelte. Um ein Haar stürzten all die Worte aus mir heraus, die ich seit Langem unruhig abgewogen hatte. Und die einfach immer wieder in den stummen Schlund zurückfielen. Aber ich wollte es nicht zu weit treiben. Nicht jetzt.

Jan wollte es seinem Freund ersparen, auf diese Rede reagieren zu müssen, also fuhr er fort: «Nun, da weder Ben noch ich ein Geheimnis daraus machen, kannst du gerne die Geschichte hören.» Er nahm jetzt eine Flasche Mineralwasser und hatte wohl vor, sie allein auszutrinken. Klarer Kopf, klare Worte. «Wie du dich erinnern wirst, Annie, gab es im Sommer 1993 eine Kette von unglückseligen Ereignissen in unserem Dorf.» Dann erzählte er, wie er vor dem Mob geflohen war, nach Straßburg zur Rekrutierungsstelle für die Fremdenlegion. Die hätten damals ohnehin regen Zulauf von ehemaligen NVA-Soldaten und anderen Angehörigen des Apparats gehabt. «Und nach kurzer Ausbildung ging es direkt in die bosnische Hölle.» Jan schwieg. Ben übernahm. Er berichtete, wie sie sich unter serbischem Feuer kennengelernt hatten. Und stillschweigend hatten sie beide voneinander geahnt, dass dieser Krieg eine Nummer zu groß war, nur um Seelenschmerzen zu entkommen. Das verband sie, und so ließen sie sich eines Tages während einer Feuerpause von einem tschechischen Kameraden das, wie sie zugaben, etwas pathetische Tattoo stechen. «Afrika konnte ich mir mit Hemingway schönreden, aber Bosnien war kein Ort für heldischen Dünkel«, sagte Jan.

«Bist du jetzt enttäuscht, Annie, dass ich so gar keinen Stolz mehr in mir habe? Weißt du, der beste Krieg taugt nichts, Legion hin oder her.» Dann rückte er ganz nah an mich heran, stützte den Arm auf den Tisch und strich mir mit dem Daumen über die Wange: «Oder bist du deswegen bei mir, weil du dachtest, ich sei ein teuflischer Krieger? Ein Mann, der sich in den Kugelhagel wirft und seine Feinde nach einem Abzählreim tötet? Ist es das, was dich anmacht, ja?» Unsere Gesichter verschmolzen fast, und unsere Blicke flogen nervös und erregt hin und her. «Nein, das Gegenteil ist der Fall. Ich bin dir auf dem Pfad in die Abkehr gefolgt. Ich bin die Geliebte eines Eremiten. Dein Haus ist ein spirituelles Zentrum. Du sühnst.»

Jetzt lachte Jan auf, lehnte sich zurück und beugte sich dann zu mir: «Nein, ich übe keine Buße. Keine Buße und keine Versöhnung. Versöhnung ist Niederlage.» Wir wussten beide, dass er jetzt von etwas anderem sprach, ständig wechselten die Kampfplätze. Ich wusste nun von Afrika und von Bosnien, vielleicht nicht viel, aber genug, um zu verstehen, doch das dunklere Zentrum blieb die Brandstatt. Alle Kriege begannen hier. Und so flüsterte ich: «Smith & Wesson Double Action No. 4 Hammerless Kaliber .38. Sie wurde erst 1886 gebaut. Zehn Jahre zu spät für deine Gruselgeschichte vom Familien-Blutbad.»

Noch immer waren Augen und Münder in Kussnähe, und so konnte ich aus dem kleinen, intimen Ausschnitt seines Gesichtes nicht erkennen, was er empfand. Noch hielt er die geringe Distanz aufrecht, und mit jeder Sekunde, die reglos verging, wuchs meine Sorge, ihn tödlich getroffen zu haben. Ich dachte an die vielen Medikamente in seinem Badschrank: Herz, Blutdruck, Schmerzen. Vor allem Schmerzen. Vielleicht war er noch weniger belastbar, als er es an diesem Abend ohnehin offenbart hatte. Dann lehnte er sich zurück, atmete lange aus, rieb sich die Augen, kratzte sich am Brustbein und faltete schließlich die Hände wie zum Gebet: «Nun, es war eine Geschichte, wie du selbst schon gesagt hast. Ich habe sie immer wieder in meiner Kindheit hören müssen. Andere werden mit dem Struwwelpeter eingeschüchtert, wir wurden es durch die Mär vom Massaker. Wie ein Vater seine vielköpfige Familie richtet. Der Revolver war übrigens ein Familienerbstück, er fügte sich so wunderbar in die Erzählung. Ebenso wie das Amulett.» Dann wand er sich an Ben: «Da drück ich dem Kind den Revolver in die Hand, und es entzaubert prompt die ganze Geschichte. Und Jahre später sehe ich im Internet ein Foto vom schwarzen Porzellanvögelchen. Zack, die nächste Entweihung! Es ist mir mal beim Spielen runtergefallen, und dabei ist ein Flügel abgebrochen. Ich habe daraufhin einen Tag und eine Nacht in einer lichtlosen Kammer zugebracht. Tags darauf war eines meiner Geschwister dran und am übernächsten Tag ein weiteres und so weiter und so fort. Es gab immer einen Grund.»

«Und welchen Grund gab es bei mir?»

«Du könntest meine Tochter sein.» Ben horchte auf. Ich dachte nach und sagte: «Nicht grad die klassische Methode, die Erbsünde durch eine Wiederholung der Tat zu überwinden.»

«Erbsünde», nahm Jan meinen Faden auf, «eigentlich eine Tautologie, mehr noch eine unauflösliche Einheit.» Ich verdrehte die Augen. Einen Moment schwiegen alle, und ich genoss diese kleine Auszeit, ich spürte, wie ich ganz ruhig wurde inmitten dieses Sturms der Neuigkeiten.

«Ich finde, Annie verdient mehr als kluge Phrasen«, verteidigte mich Ben. Ich schaute zu Jan. Er war müde. Ich sah zu Ben und schüttelte den Kopf: «Ist schon gut. Für heute Abend reicht's.«

«Nein, nein, nur zu. Bringen wir das Tribunal zu Ende!», sagte Jan etwas kraftlos. Als habe er den Kampf aufgegeben, weil der Ausgang nicht mehr zählte, schon lange nicht mehr. Auch bei einer Niederlage winkt am Ende die Aussicht auf Ruhe. Und nichts anderes interessierte diesen Mann noch.

«Hast du meinen Vater verraten?»

«Nein. Ich mag ein Arschloch sein, aber ich bin kein Schwein.» Er hatte den nächsten Satz auf der Zunge, aber er hielt inne. Ich drängte: «Was weißt du, Jan? Komm schon, nur noch dieses letzte Detail, bitte!«

«Viola Schwarz. Deine Mutter hatte ihr gegenüber Andeutungen gemacht, dass dein Vater rüberwollte. Und wie sich später rausstellte, war Violas Ex ein IM. Sie haben bei deinem Vater die Fluchtpläne gefunden. Er war ja ein hervorragender Konstrukteur.»

Wusste Papa, dass Mama am Anfang dieser fatalen Gerüchtekette gestanden hatte? War ihre Ehe eine Absolution? Eine, die jedoch niemanden befreite, sondern alle immer tiefer in ein Netz aus Lügen, Halbwahrheiten und Unausgesprochenem verstrickte. Motive gingen über Liebe. Alle waren gestraft. Ich wollte das Verhör vorantreiben, um es endlich zu beenden.

«Bleibt eigentlich nur noch eins: Hattest du was mit Lydias Verschwinden zu tun?» Jan hatte diese Frage erwartet.

«Ich hoffe nicht. Sie war tatsächlich ein paarmal bei mir draußen gewesen. Die Polizei hat ja deswegen auch bei mir angeklopft. Hübsches, neckisches Ding war sie, fast hätte sie mich rumgekriegt. Aber sie interessierte mich nicht. Nicht genug.» Er sah mich an. «Deine Mutter glaubte mir kein Wort. Sie war felsenfest davon überzeugt, dass ich was mit Lydia gehabt hatte. Aber ich war damals nicht der Mann für Beteuerungen.» Er sah mir erneut in die Augen. Sie waren grau, das war alles. In den Augen erkennt man gar nichts. Ich wusste, ich war nicht viel weiter als zu Beginn dieses Abends. Ich konnte ihm glauben. Oder auch nicht. Und vor allem wusste ich nicht, ob dieser Unterschied überhaupt noch etwas bedeutete.

Ich wollte nur noch ins Bett, den einzig sicheren Ort auf der Welt. Ich stand auf, verabschiedete mich von Ben und dankte für seine Zeugenschaft, die diese Nacht der Offenbarungen erst ermöglicht habe. Er hob beschwichtigend die Arme und sagte, dass es einzig am Wein gelegen habe.

«Es tut mir leid, dass ich keine schönen Geschichten erzählen kann», sagte Jan zu mir. Ich strich ihm im Vorbeigehen über den Rücken: «Und dabei bin ich so empfänglich für Tröstung.»

Er war in dieser Nacht sehr zärtlich. Fast bedauerte ich, dass es bei uns keine Reinheit des Gefühls gab. Wir liebten einander aus Berechnung.

7.

Ein halbes Jahr später kam ein Handy-Anruf von Arthur Schwarz. Er erzählte aufgeregt von einem Skelettfund in den Auen unweit unseres Dorfes. Kanalarbeiter waren beim Ausheben alter Rohre auf menschliche Überreste gestoßen, die nach rechtsmedizinischen Untersuchungen zweifelsfrei Lydia Noll zugeordnet werden konnten. Die Ermittlungen brauchten nicht wiederaufgenommen zu werden. Lukas Krüger war sofort geständig. Fast ein Jahr lang war Lydia die Geliebte ihres Schwagers. Über Motiv und Umstände wisse man noch nichts, man müsse jetzt die Gerichtsverhandlung abwarten, jagten Arthurs Sätze durchs Handy. «Kannst du dir vorstellen, was hier los ist? Ein ganzes Dorf muss sich neu justieren. Du weißt schon, die alte Und-Brüder-wurden-wieder-zu-Brüdern-Geschichte. Ich meine, jeder hat doch mal den einen oder anderen im Verdacht gehabt. Du sagst ja gar nichts!» Mir versagten Atem und Worte.

Ich war plötzlich voller Schuld.

Arthur hielt mich in den folgenden Wochen über die Gerichtsverhandlung auf dem Laufenden. Ich hatte zwar Mühe, ihn davon zu überzeugen, dass ich auf einem Bauernhof mein Seelenheil suchte, aber noch war ich nicht bereit, ihn einzuweihen. Er rief an und schrieb Mails, er merkte sich jeden Satz des Angeklagten, er schien besessen von diesem Fall. Er war sich nicht sicher, ob Lukas

Krüger noch bei klarem Verstand sei oder schon über dieses Stadium hinaus. Nach dem Geständnis hatte Krüger gesagt, dass er nun glücklich sei, gelöst, dass plötzlich alles ganz leicht sei. Auch hatte er ein gänzlich anderes Bild von Lydia Noll gezeichnet. «Bei mir war sie zurückhaltend, ängstlich», zitierte Arthur. Sie verrichteten es immer beinah lautlos, meistens in der umgebauten Scheune, gar nicht weit vom Wohnhaus der Krügers entfernt. «Ich liebte ihre stille Gefügigkeit», sagte er. «Es hat mich von innen aufgerissen.» Arthur war außer sich vor Entgeisterung.

«Aber jetzt kommt's!», kündigte er an, «Krüger plädiert auf Totschlag. Denn, wie er meinte, sei Lydia schon halb hinüber gewesen, als sie am Tatabend bei ihm eingetroffen war.» Zerzauste Haare, blutig gekratztes Gesicht, zerrissenes T-Shirt, ihre komische Schmetterlingsbrosche fehlte. So kam sie auf ihn zugewankt und provozierte ihn, völlig ausgewechselt sei sie gewesen, habe gedroht, alles zu verraten. Wer sie so zugerichtet habe, wollte er wissen, doch sie winkte nur ab, ach, kleine Auseinandersetzung, nichts weiter. Auf die Nachfrage des Richters, ob er eine Ahnung habe, wen sie gemeint haben könnte, antwortete er: «Ich weiß es nicht. Ich war ja nicht ihr Einziger.»

Jedenfalls sei sie immer lauter geworden, er fürchtete, dass ihr Geschrei bereits durch die Scheunenwände bis zum Wohnhaus dringe, wo seine Frau, ihre Schwester, ohnehin schon ahnungsvoll auf ihn wartete. Er habe einfach nur wissen wollen, was in sie gefahren sei, habe sie an den Schultern gepackt, versucht, sie zu beruhigen, aber er habe sie nicht mehr erreichen können. Sie hatte begonnen, ihn wie von Sinnen zu traktieren, er habe sie immer fester gepackt, ihr schließlich den Mund zugehalten, sie habe noch gebissen, aber das war der Arm eines durchtrainierten Sportlehrers, der ihr mehr und mehr gegen den Hals presste. Unter Tränen habe er gefleht, sei ruhig, sei bitte, bitte ruhig, und dann sei sie ruhig und immer ruhiger geworden. Zunächst sei da noch ein Glucksen gewesen, ein kehliges Atmen, ein leichtes Regen, und dann war da nichts mehr.

8.

Ich saß auf der Verandatreppe und blickte in einen keimenden Garten. Krokusse, Tulpen und Narzissen stachen mit ihren Blütenköpfen durch den Boden der Frühlingssonne entgegen. Ich musste mich erst wieder an die Farben und Formen der Natur gewöhnen. Noch war ich ein wenig schneeblind von einem wochenlangen Zug durch die verschneite Landschaft. Eine rastlose Nomadin ohne Ziel, allein, nur ich und mein Atem. Und Krähen über aufgeworfenen Äckern, Rehe auf Lichtungen und hin und wieder ein schnürender Fuchs. Und mit jedem Schritt hinterließ ich eine Fährte, die niemand aufnehmen würde, auf die ich aber immer wieder zurückblickte, um zu überprüfen, ob es mich noch gab.

Jan und ich waren nach der Nacht des Tribunals wieder in unseren kontemplativen Trott verfallen. Wir sprachen nicht weiter über diese Dinge. Ich blickte aus dem Fenster wie in ein Diorama, wissend, dass es hinter der perfekt inszenierten Landschaft keine Welt weiter gab. Jan trat zu mir, legte seine Hand auf meine verschränkten Arme und bat: «Nimm mich hin!» Ich sah ihn an und dachte: Warum nur liebe ich immer die Beschädigten?

Was blieb, waren Fragen. So viele Fragen. Aber was kommt nach den Antworten?

Lukas Krüger hatte ausgesagt. Ich musste an ein Karussell denken. Wenn man es von einem festen Punkt aus betrachtet, kehren die Figuren immer wieder, kaum sind sie dem Blick entwichen. Sie können sich vor dem Betrachter nicht verstecken, und er kann ihren Anblick nicht meiden. *Und dann und wann ein weißer Elefant.* Oder ein dunkles Schreckgespenst. Aber selbst wenn man den Rummelplatz verlässt, drehen sich die Gespenster weiter auf dem Karussell. Man muss nur die Augen schließen. *Ich war ja nicht ihr Einziger,* hatte Krüger gesagt. Im Dorf lebten ungefähr 300 Männer, aber wie viele waren an diesem Abend im Juli 1993 mit schlammverdreckten Schuhen nach Hause gekommen? Und wie viele Frauen folgten ihnen weit nach Mitternacht und schluchzten hörbar durch alle Wände bis ins Morgengrauen hinein? Das wäre meine Aussage gewesen, aber niemals würde mich jemand fragen, und niemals würde ich meine Eltern verraten, so, wie ich sie verriet, indem ich bei Jan Pajak war.

Ich setzte mich an den Schreibtisch, einem kleinen Sekretär in der Zimmerecke zwischen zwei Fenstern, durch die das Abendlicht fiel, und nahm einen Bogen Papier und einen Füllfederhalter und sah mich, und wie alles aus der Zeit fiel. Eine Tochter schreibt ihrer Mutter einen handschriftlichen Brief von einem namenlosen Weiler in einem abseitigen Landstrich, und draußen in der Welt schreitet das neue Jahrtausend voran.

Es war Zeit, mich zu bekennen. Ich hatte mich am Telefon verplappert und ließ die Großeltern etwas ahnen. Sie verhielten sich fortan am Telefon ängstlich und doch lauernd neugierig. Ich erlöste sie und sagte: Es stimmt, und sie antworteten: Du also auch!

Ich versuchte, einen Brief zu schreiben, in dem ich Mama verzeihen und gleichzeitig um Vergebung bitten wollte. Ich wollte ihr alles erklären, ohne mich zwischen dem einen und dem anderen Leben entschieden zu haben. Vielleicht wollte ich doch zurück in meine Neuköllner Wohnung, dort, wo die Tage in kleine, unbedeutende Stücke brachen wie das Licht im Geäst der Linde vor meinem undichten Doppelglasfenster, wo die Nächte in den Wänden summten und das ein kleiner Trost war, bevor ein neuer Tag begann, glänzend und bedrohlich. Und wenn Mama darauf eingehen würde, so würde sie nachfragen, was das von den Tagen und Nächten in der Uckermark unterschied, und ich würde antworten: Nichts. Denn du bist nicht da, weder hier noch dort, und die Welt ist gar nicht groß genug, als dass es einen Ort nur für uns zwei geben könnte. Wo immer ich auch sein werde, die Bruchstücke dieser Geschichte klirren nach und erinnern mich an dich, Mama.

Und plötzlich wusste ich, was ich schreiben und anschließend tun würde.

22. März 2011

Liebe Mama,
Du darfst nicht denken, dass ich glücklich bin. Und überhaupt, Mama, es ist vorbei. Warum auch immer ich hier war, die Gründe gelten nicht mehr. Ich werde fortgehen. Vielleicht noch nördlicher. Je tiefer die Sonne steht, desto überwältigender ist der Blick lichtwärts. Ich denke viel an euch. Mir fällt immer was Neues ein, dabei war es doch eigentlich nur so ein kleines Leben, das wir zusammen hatten.

J. geht es mal schlecht, mal wieder gut. Keiner weiß was Genaues. Er kann hundert werden oder schon nächste Woche beerdigt. So wie wir alle. –

Der Nabel ist die erste Narbe im Leben. Sie wird mich immer an Dich erinnern.

Ich hab Dich sehr lieb.
Deine Annie

Ich faltete den hellblauen Briefbogen und schob ihn in das dunkelblaue Kuvert. Dann setzte ich Buchstabe um Buchstabe zu meiner Kindheitsadresse auf dem Briefumschlag zusammen. Die Postleitzahl hatte sich seit meiner Kindheit dreimal geändert. Ich erinnerte mich, wie ich ein einziges Mal in einem Pionier-Ferienlager gewesen war und Postkarten nach Hause geschrieben hatte, auf denen ich mir Mühe gegeben hatte, die Ziffern sauber in die vier Vordruckfelder für die Postleitzahlen zu setzen, ohne über die Ränder der Kästchen zu schreiben.

Als ich den Umschlag zugeklebt hatte, dachte ich, ich hätte Mama einen schönen Brief schreiben sollen. Einen Brief, der sie erheiterte, sodass sich ihr hellroter Mund zu einer Sichel formte, mit den Spitzen nach oben. Sie hat in ihrem Leben zu selten schöne Post bekommen. Aber dann fiel mir wieder ein, dass wir zwei das Glück nicht hatten, einander solche Briefe zu schreiben.

Ich hörte das Postauto, und kurz darauf klingelte es an der Tür. Der Postbote brachte einen Stapel Briefe, den ich entgegennahm, während mein Brief in seine Hände glitt.

Dann fuhr er fort. Ich sah die Post durch. Mama war mir zuvorgekommen.

Schwaiga, 20. März 2011

Annie,
nach all dem, was Du nun weißt, was ich nun weiß, wirst Du begreifen, dass ich Dich in diesem Leben nicht mehr sehen will. Ich komme zurecht, mach Dir keine Sorgen.
Oma, Opa und die Jungs werden Dich bald besuchen kommen. Ich gebe ihnen Rührkuchen für Dich mit. Die nächsten Tage erreicht Dich noch ein Päckchen. Ich bitte Dich, mit dem Inhalt sorgsam zu verfahren, am besten schließt Du es weg. Ich mag es nicht mehr im Haus haben.

Ich möchte, dass Du das weißt: Papa ist Dein richtiger Papa.
Du bist und bleibst mein Kind. Pass immer auf Dich auf.
Deine Mama

Ich war also die Tochter eines Feinmechanikers.

9.

Im Radio knisterte es, und die Stimme kündigte Sturm für die nächsten Tage an. Ich überblickte meine Vorräte: Nudeln, Zwiebeln, Tomatenmark, Käse, Butter, Brot, Bananen, Kaffee, Zucker, Öl, Mohrrüben, Zucchini, Lauch, Kartoffeln, Wein, und befand, dass der Sturm kommen möge. Schon fuhren vereinzelte Böen in die Masten der Boote, die in dem kleinen Hafenbecken lagen und immer wieder aneinanderstießen, als würden sie tuscheln.

Ich schob den Vorhang beiseite und sah, dass einige Arbeiter auf dem Weg in die Spelunke gegenüber waren. In zwei Stunden würde meine Schicht beginnen. Dann würde ich bis nach Mitternacht zwischen Küche, Tresen und den fünf Tischen hin und her wandern, bewacht von dem kleinen Anker an der Decke, der wie ein Pendel seine Kreise zog, und eingehegt von einem Fischernetz und allerlei maritimen Devotionalien. Inzwischen hatte ich das nötige Geschick, um gleich mehrere der schweren Teller mit Bauernfrühstück, Frikadellen und Bratfisch auszubalancieren und heil vor den zumeist dicken Bäuchen der Gäste zu platzieren. Der alte Flemming hatte Geduld mit mir. Seine Frau hatte die Augen verdreht, als ich anfangs aus Sorge, samt dem Geschirr aus dem Gleichgewicht zu geraten, die Gedecke einzeln aus der Küche getragen hatte. Dann legte er seiner Gattin beruhigend die Hand auf den Arm, zwinkerte vertraulich und musste gar nicht aussprechen, was er mit der Zuversicht eines alten Seemanns dachte: Die packt das schon!

Ein Dreivierteljahr zuvor hatte ich einen Aushang an einer Bushaltestelle abgerissen: *Kleine Fisch-Gaststätte sucht Aushilfe. Bei Bedarf mit Zimmer-Vermietung.* Tags darauf stand ich abgekämpft und regennass vor der Tür vom alten Flemming, sah in ein von Wind, Sonne und Salz zerfurchtes Gesicht und wusste nach den ersten gemeinsamen Schlucken heißen Tees, dass da einer war, dem ich sagen konnte, ich komme mit leeren Händen und leerem Herzen. Der nickte nur, schenkte nach und sagte, kannst bleiben, aber Arbeit macht Arbeit. Und ich sagte, ja.

Und so wohnte ich nun im Dachgeschoss des dreistöckigen Hauses in einem Zimmer mit Auslegeware, Fliesentisch und Schrankwand. Beklemmender deutscher Möbelhausschick, weit jenseits von skandinavischem Design-Humanismus. Aber was war das schon gegen den Blick auf den Bodden hinaus! Auf das graugrüne Schimmern der nordische Lagune mit ihren röhrichtgesäumten Buchten.

Im Herbst glommen die Schilfrohre kupfern, und im Winter überfror die kleine Welt zwischen Land und See zu einem arktischen Palast, in dem die Eissegler von meinem Fenster aus nur mehr kleine Farbtupfer waren. Und solange es nur fror und nicht schneite, waren Himmel und Erde durch eine flammenrote Horizontlinie messerscharf getrennt und alles darunter war weiß und alles darüber war blau. Begann es jedoch zu schneien, so wurde die sichtbare Welt mit jeder einzelnen Flocke entfärbt. Mitunter presste der Wind den Schnee hart gegen das Fenster und machte mich blind und jegliche Dinge gestaltlos.

Und bis hier zu meinem Unterschlupf hinauf verloren sich das Knacken, Knallen und Brechen des Eises wie nachhallende Warnschüsse, und ich kroch tiefer unter meine Bettdecke, zog die Beine dicht an meinen Bauch und war unantastbar.

Ich hatte das Amulett abgelegt und die Uckermark hinter mir gelassen, immer weiter landauf, bis an den Rand des Kontinents. Es war fast schon Herbst, als ich den kleinen Hafen erreicht hatte und vom Fischer und seiner Frau aufgenommen worden war.

Jan schrieb Mails, manchmal Gedichte, und ich antwortete, dass das Herz nur eine Blutpumpe sei und der Mond nur ein Trabant aus Basaltgestein.

Atmen, schlafen, vergessen. In diesen drei Disziplinen hoffte ich, immer besser zu werden.

Der Wind wurde stärker und trieb Gischthauben in das Hafenbecken. Das gegenüberliegende Ufer begann, sich einzutrüben. In der Ferne sah man dunkle Wolkenverbände heranrollen. Ich beobachtete, wie der alte Flemming die Persenning über sein Zeesenboot zog. Zur See ging er schon lange nicht mehr. Aber hin und wieder schipperte er zwischen den Landzungen umher und angelte Fische für seine Frau.

Am Morgen war noch nichts vom heraufziehenden Unwetter zu spüren gewesen. Ich war aus der Tür des reetgedeckten Hauses von Hannes Maaß getreten und hatte einen neuen Frühling geahnt. Der Himmel war so blau und leer, als gäbe es ihn gar nicht.

Dreihundert Meter lagen zwischen meinem Haus und

dem meines Liebhabers, der Fahrgastschiffe durch den Strom navigierte und anhand der Sterne immer wissen würde, wo wir uns befanden.

Hannes hatte mich am Ufer des Stromes angesprochen und gesagt, wenn wir nur geduldig genug wären, würden wir Kegelrobben sehen. Und während wir geduldig waren, raubten wir in den kalten Nächten einander die Wärme vom Körper des anderen.

Zum Ende des Herbstes sahen wir zwei Kegelrobben, die ihre putzigen Köpfe für einen Moment aus dem Wasser streckten und augenblicklich weiterjagten.

Gegen Mittag rückten riesige Wolkenschleppen heran. Sie schienen nicht weiterzuwandern, sondern blieben wie zu einer Versammlung. Am Nachmittag war es, als wäre eine schmutzigweiße Wolldecke über den Himmel geworfen. Nichts regte sich. Doch jetzt begann der Wind, Risse in die feste Schicht zu peitschen. Die Wolken trieben in langen Fetzen auseinander. Immer größer wurden die Lecks. Der Sturm verschaffte sich Platz.

Ich öffnete das Fenster und war in Wind und Regen. Ich atmete so tief ein, dass sich die Schmetterlingsbrosche auf meiner linken Brust wie zum Abflug hob. Ich sah ein Leuchtfeuer, sah heimkehrende Schiffe und dachte: Was für ein Tag!

Die Autorin dankt folgenden Twitterern für den Abdruck der Tweets auf S. 55 (in der Reihenfolge des Abdrucks):

@fragmente
@diktator
@TrueSilence
@der_handwerk
@canesco
@mindwarp5

Inhalt